新・魔法科高校の劣等生
キグナスの乙女たち
Cygnus Maidens
The irregular at magic high school
佐島 勤
イラスト
石田可奈
イラストレーターアシスタント
ジミー・ストーン、末永康子

十《じゅう》文《もん》字《じ》アリサ

第一高校一年A組。
風紀委員、クラウド・ボール部。
ロシア人の母親譲りの金髪碧眼の少女。
得意魔法は十文字家の秘術、
『ファランクス』。

遠《とお》上《かみ》茉《ま》莉《り》花《か》

第一高校一年A組。
風紀委員、マーシャル・マジック・アーツ部。
太ももがむっちりしているのがコンプレックス。
得意魔法は『十神』の固有魔法
『リアクティブ・アーマー』。

仙《せん》石《ごく》日《ひ》和《より》

第一高校一年C組。
クラウド・ボール部。
派手目の見た目で、言いたいことは
はっきりと言う性格。

五《い》十《そ》里《り》明《めい》

第一高校一年A組。
生徒会、陸上部。
首席入学の才女で、CADの知識も豊富。
メガネは視力矯正用ではなく、
AR情報端末。

永《なが》臣《とみ》小《こ》陽《はる》

第一高校一年C組。バイク部。
実家は魔法工学メーカー
『トウホウ技産』の共同経営者。
ぽっちゃり体型を気にしていて、
茉莉花と同じ悩みを抱えている。

※クラスは 2099 年 1 学期定期試験終了時のもの

魔法、部活、それから恋。
新たな出会いに胸をふくらませて
二人の少女が入学するとき、

魔法科高校に新たな風が吹き抜ける——。

キグナスの乙女たち

新・魔法科高校の劣等生

Cygnus Maidens
The irregular at magic high school

5

author.
佐島 勤
illustration.
石田可奈

魔法科高校とは

ねえアーシャ、ついに私達も魔法科高校生だね！
でも、魔法科高校ってどういうところなの？

突然どうしたの？　でもミーナにとってはあまり
馴染みがないものね。
じゃあ、魔法科高校のことを説明するわね。

- 国立魔法大学付属高校の通称で
全国に九校設置されている魔法師を育てる学校。
- 一高から三高までは一科・二科に分かれていたが、
2098年から廃止された。
- 一高ではきめ細かな実技指導ができるように、
毎月クラス分けのテストが行われる。

○月○日
日直
遠上

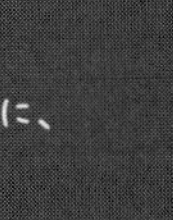

なるほど！　でもなんで古いタイプの黒板なの……？

……別にいいじゃない。そんなこと言うと
今度のテストの勉強見てあげないよ？

そんなぁ……。

第一高校のOB・OG

そういえば、あたし一高の先輩たちのこと
全然知らないんだけど……。

それなら私が教えるわ!
まずはやっぱり2098年に卒業した先輩たちよね。
私達が入学する前の年に卒業しているから
接点があるわけじゃないけどすごい人たちばかりだわ。
千葉の幻剣姫とも呼ばれる剣術の達人、千葉エリカ先輩。
硬化魔法のエキスパート、西城レオンハルト先輩。
古式魔法の名門、吉田家の神童とも呼ばれる、
吉田幹比古先輩。
大富豪北山家の令嬢で九校戦でも活躍した、北山雫先輩。
光のエレメントの末裔とも言われている、光井ほのか先輩。
四葉家の次期当主にして生徒会長も務めた、司波深雪先輩。
そして、我らがスーパースター、司波達也先輩!
天才魔法工学技師トーラス・シルバーとして
魔法工学師の地位は飛躍的に向上したといっても
過言ではないわ!
あの方が作る魔法デバイスは洗練されていて、
私たちを新しい時代へと導いてくれるくださるの!

……明は司波達也先輩のことを尊敬しているのね。

【1】夏休みの予定

九校戦を締め括《しめくく》るパーティーも終わりが近付いていた。前夜祭パーティーを含めて約二週間に及んだ二〇九九年の九校戦も、間もなく幕を閉じる。

食べ物は一部のデザートを残して片付き――食べ盛りが大勢いるので、最終的に食品ロスは生じないと思われる――フロアでは別れを惜しむように各校の生徒が入り乱れて踊っている。

ただ曲は先程からワルツ一辺倒なので、それに飽きた生徒やそもそもワルツを踊れない若者は壁際《かべぎわ》で飲み物片手の雑談に興じていた。

そういう会話組の中には、最初から異性と踊る気が無い者たちも含まれている。

そしてアリサと茉莉花《まりか》も、このグループに属していた。

「九校戦も終わりだね……。長かったような短かったような」

会話が途切れた拍子に、ふとアリサが感慨を漏らした。

「長くはなかったよ。すっごく目まぐるしかった！」

すかさず茉莉花《まりか》が異議を唱える。彼女的には、長かったと感じる余地の無い二週間だったようだ。

「色々予定が変わったから、茉莉花《まりか》は余計に目まぐるしく感じたんだと思うよ」

その反論に反応したのは、同じく壁の花になっていた日和《ひより》だった。

「最後は大活躍だったしね」

日和《ひより》の反対側から今度は明《めい》が会話に加わった。彼女も最初からダンスに参加していない。

異性に対する積極性が乏しいのかそれとも、異性に対してそういう関心が薄いのか。確実に言えるのは、この四人は似た者同士ということだろう。

なお何時《いつ》もの仲間の内では、小陽《こはる》がワルツの輪に加わっている。それも結構楽しんでいるようだった。普段の印象からすると達者なステップが少し意外だが、大手企業の経営者一族というプロフィールを考えれば不思議ではない。きっと子供の頃から、社交ダンスを踊り慣れているのに違いなかった。

「うん、まあ……。維慶《いちか》には残念だったけど、良い思い出を作らせてもらったよ」

茉莉花《まりか》の表情は、そのセリフどおり笑顔の陰に一抹の罪悪感を見え隠れさせながらも、満足そうだった。

「アリサと日和《ひより》は優勝。私もまあ、満足できる結果だったし……。総合優勝できなかったのは残念だけど、茉莉花《まりか》が言うとおり良い思い出になる九校戦だったわね」

明《めい》の総括に、アリサも日和《ひより》も異存は無さそうだった。

「――何のお話ですか？」

そこへダンスを満喫した小陽《こはる》が加わった。

「九校戦は良い思い出になったね、という話よ」

アリサの答えに、小陽《こはる》は納得の表情を浮かべる。

「でも、これで夏休みが終わりというのも少し物足りない気がしますね」

その上で小陽《こはる》は、こう付け加えた。

「うーん、確かに」

頷《うなず》く日和《ひより》。

「でもミーナは月末の大会に向けて特訓するのよね？」

アリサが言う「大会」は、『全日本マーシャル・マジック・アーツ大会』のことだ。参加資格が十五歳以上の日本在住者という条件しかないオープン大会である。先月、三高との対抗試合で茉莉花《まりか》が一条茜《いちじょうあかね》に敗北を喫した後、再戦と雪辱を誓った舞台がこの全国大会だった。

「うん……」と歯切れ悪く頷《うなず》いた茉莉花《まりか》に、今度は明《めい》が「合宿とかしないの？」と訊《き》いた。

茉莉花《まりか》が答えようとしたその時、目の前をマジック・アーツ部女子部部長の千香《ちか》が横切った。

「部長！」

茉莉花《まりか》に呼び止められた千香《ちか》が「何だ？」と振り向く。

「月末の大会に向けた合宿とか無いんですか？」

明《めい》に言われて「部活の合宿なら特訓と夏休みを両立できる」と考えた茉莉花《まりか》の問い掛けだ。

「合宿をしようにも場所が取れないんだよ」

答えを返したのは、千香《ちか》の隣にいた男子部部長の千種《ちぐさ》だった。

「夏休みシーズンだからね。武道場とか体育館がある合宿所は、競争率が高いんだ」

「……武道場じゃなくても、体育館があれば良いんですか？」

何か心当たりがありそうな口振りで、小陽《こはる》が横から口を挿《はさ》んだ。

「球技用の体育館でも、練習に支障は無い」

喰《く》い気味に答える千香《ちか》の目には、期待感があった。

小陽《こはる》の答えを待つ茉莉花《まりか》の眼差《まなざ》しには、はっきりと期待がこもっている。

「確か、父の会社が持っている奥多摩《おくたま》の研修所のスケジュールに空きがあったはずです。家に帰って訊《き》いてみます」

「もし空いていたら、使わせてもらえないかな!?」

小陽《こはる》の答えに、茉莉花《まりか》が喰《く》い付いた。

「オレからも頼む。貸してもらえるとありがたい」

千香《ちか》も、茉莉花《まりか》に続いた。

「はい。空いていれば、大丈夫だと思います」

先月までであれば、千香《ちか》は気軽に頼めなかっただろうし、小陽《こはる》も気安く頷《うなず》かなかっただろう。

クラブでも委員会でも縁が無かった先輩と後輩の繋《つな》がり。

これもまた、九校戦の成果と言えた。

「確認した結果は、明日、メッセージでお伝えしますね」

今夜はまだ九校戦会場内のホテルに泊まり、帰宅するのは明日だ。
小陽《こはる》の言葉に「よろしく頼む」と応えて、千香《ちか》は千種《ちぐさ》と共にアリサたちから離れた。

◇◇◇

翌日、八月十五日午後八時。アリサは自分の部屋に備え付けの端末でビデオチャットを立ち上げた。夕方に茉莉花《まりか》からメールで「相談したいことがあるから八時にログインしてほしい」と頼まれたのだ。

一体何だろうと首をひねりながら接続したチャットには、既に四人が参加していた。明《めい》、小《こ》陽《はる》、日和《ひより》、そしてアリサを招いた茉莉花《まりか》だ。

そのメンバーに意外感は無かった。このチャット・ルームはアリサたちが友人同士のお喋《しゃべ》りを楽しむ為《ため》に小陽《こはる》が設定したものだ。

ヴィジホンにも標準でチャット機能がある。だがそちらは従量料金制だ。時間を気にせずお喋《しゃべ》りしたいなら定額サービスを契約しなければならない。なおこの二十一世紀末、無料サービスもあるにはあるが、それらはセキュリティやプライバシーポリシーが問題視されている。アクセスデータの流用に厳しい目が向けられるようになって、広告ビジネスモデルが難しくなった。その結果、無料サービスはアングラ化して、本名で利用する者は稀《まれ》だ。

そういうネットビジネス環境の変化もあり、リアルな知り合い同士でつながるなら有料サービスを利用するのが一般的になっていた。

有料といっても接続人数十人以下の小規模なチャットルームなら、高校生でも無理なく利用できる料金設定になっている。具体的には、月額でファストフード四、五回分相当だ。

――閑話休題。

ログインしたアリサはモニターに並ぶ友人たちに「待った？　ごめんね」と声を掛けた。

「時間どおりだよ」と茉莉花《まりか》が、「私も来たばかりだから」と明《めい》が同時に応える。

「それで？　何か相談したいことがあるんでしょう？」

そして明《めい》は、こう続けた。

「うん。みんな、来週の予定は無かったよね？」

このことは昨晩、夏休みの残りをどう過ごすかという話題になった時に確かめている。

「まだ決まっていないけど」

日和《ひより》が答えを返しアリサと明《めい》が相槌《あいづち》を打つように頷《うなず》いた。

「じゃあさ、みんなも来ない？」

茉莉花《まりか》の発言に、アリサと日和《ひより》が「んっ？」と小首を傾《かし》げる。

「……マジック・アーツ部の合宿に付いてこないか、ということ？」

一拍遅れて明《めい》が、自分の頭の中で茉莉花《まりか》のセリフを補足して問い返した。

「研修所の予定を確認したら、来週丸々空いていたんですよ」

この答えは小陽《こはる》のものだ。

「マジック・アーツ部の皆さんが全員合宿に参加しても、あと十人分くらいはキャパに余裕があります」

「お食事はどうするの？」

今度はアリサが小陽《こはる》に訊《たず》ねた。

「食堂にとっては人数が多い方が無駄が無くてありがたいと思いますよ。もちろん、自炊もできます」

つまりアリサたち四人がマジック・アーツ部の合宿に合わせて研修所に泊まっても、衣食住の内「食」も「住」も問題ないということだ。

「さっき小陽《こはる》に聞いたんだけど、山岳部も来週、すぐ近くの施設で合宿するんだって。あたしたちが練習している間はそっちに交ぜてもらうのも良いんじゃないかな」

「山岳部に？」

良いのかしら……？　という表情のアリサ。

「アリサと一緒なら歓迎してもらえそうね」

明《めい》がからかう口調でそう言って口角を上げる。

「もう！　何を言ってるの」

当然の流れでアリサは明《めい》に抗議した。

「明《めい》の言うとおりだとあたしも思う」

しかしすぐさま、日和《ひより》が明《めい》を援護する。これも当然の成り行きかもしれない。

「じゃあアーシャには是が非でも参加してもらわないと」

「えぇっ⁉」

自分に都合よく話をまとめた茉莉花《まりか》に、アリサはまたしても抗議の声を上げた。

「小陽《こはる》はどうするの？」

日和《ひより》が小陽《こはる》に問い返す。

アリサの抗議は黙殺された。

「私はどちらでも。皆さんが行くのであればご一緒します」

「そうねぇ。あたし、本当は山よりも泳ぎに行きたかったんだけど……」

日和《ひより》が表情とセリフの両方で迷いを吐露する。——と言うほど、大袈裟《おおげさ》なものではなかった。

「泳げますよ？　近くに水量が豊富な川があります。少し冷たいですけど、水はきれいです」

「じゃあ参加する」

その証拠に日和《ひより》は、小陽《こはる》の答えを聞いてすぐさま同行を決めた。

「明《めい》は？」

そして彼女は明《めい》に話を振った。

「私も、みんなが行くなら」

明《めい》は小陽《こはる》と同じ結論だ。

そして四人の視線がアリサに集中する。

カメラと回線越しであるにも拘《かか》わらず、アリサは一つのテーブルを囲んでいるのと同等のプレッシャーを受けた。

アリサは別に、友人との合宿を嫌がっているわけではない。積極的に「行きたい」という気持ちが湧かないだけだ。

「……みんなが行くなら私も」

親友を含む友人四人が浴びせる同調圧力に逆らう理由は、アリサには無かった。

結果的に五人の内、三人が他人任《ひとまか》せの意思表明だった。

ただこれは、特に珍しいことではなかった、と思われる。

◇◇◇

翌日は日曜日。今世紀半ばの寒冷な日々が嘘《うそ》のような真夏日だったが、渋谷《しぶや》は大勢の若者で賑《にぎ》わっていた。

「あっ、いたいた！　アーシャ、あそこあそこ」

駅を出た茉莉花《まりか》が雑踏の一角を指差す。

「私たちが最後みたいだね」

隣に来たアリサが、サングラスの奥で目を細めながら頷《うなず》いた。

アリサの手を取って走り出す茉莉花《まりか》。

だが思い掛けない抵抗に、茉莉花《まりか》の足が止まる。

「アーシャ？」

「急がないからね」

アリサの手は茉莉花《まりか》に引っ張られていっぱいに伸びている。

その手でアリサは、茉莉花《まりか》を引っ張り返して引き止めていた。

「待ち合わせに遅れたわけじゃないんだから。わざわざ暑い思いをする必要は無いよ」

「うっ……、ごめん」

アリサが暑さと紫外線に弱いのは茉莉花《まりか》も良く知っている。サングラス越しにジトッとした目で睨《にら》まれて、茉莉花《まりか》はアリサの手を放し首を竦《すく》めた。

「日差しも強いんだし……」

そう言いながらアリサは、トートバッグから日傘を取り出した。

「はい、行こうか」

「はい」という言葉と共に、開いた日傘を軽く茉莉花《まりか》の方に差し掛ける。

「うんっ！」

茉莉花《まりか》とアリサは相合い傘で、先に来ていた友人たちの許《もと》へ向かった。

アリサたち五人が向かったのは駅近のファッションビル。今日の買い物は昨夜急遽《きゆうきよ》決まったものだが、彼女たちは事前に各フロアの情報を調べていた。だから入り口の売り場案内は素通りする予定だったのだが、小陽《こはる》は思わず立ち止まり声を上げてしまう。

「あれっ、ジョーイ？」

立ち止まり案内板を見上げている少年は、五人全員が知っている顔だった。

火狩《かがり》浄偉《じようい》。国立魔法大学付属第一高校の同級生だ。

「小陽《こはる》。みんなでショッピングか？」

振り返った浄偉《じようい》が小陽《こはる》に応える。気安い口調は、浄偉《じようい》と小陽《こはる》が小学校低学年時代からの友人だからだ。……一般的には「幼馴染《おさななじ》み」と言える関係のはずだが、小陽《こはる》はそれを頑《かたく》なに否定している。

「そうですよ。ジョーイもですか？　こ、ここで？」

「……何か言いたいことでも？」

「似合わないなぁ、と思いまして」

浄偉《じようい》に対する限り、小陽《こはる》に遠慮、否《いや》、容赦は無かった。

「自覚してるよ！　悪かったな！」

「いえいえ、むしろ良いことだと思いますよ。ジョーイも偶には身だしなみを意識しないと」

「偶《たま》に、って……失礼だな！　普段から身だしなみには気を付けている」

だがクスクスと笑っている小陽《こはる》の態度は「気の置けない幼馴染《おさなな じ》み」に対するものだった。

「それで、ジョーイは何を買いに来たんですか？」

「合宿用にレインウェアを新調しようかと思ってな」

このファッションビルは渋谷《しぶや》でも特にスポーツウェアが充実している。アリサたちもそれを見込んでここに足を運んでいた。

「小陽《こはる》たちは？」

浄偉《じょうい》の反問に、小陽《こはる》はにんまりと笑った。

「な、何だよ」

「フッフッフッ……。聞きたいですか？」

「別に、無理に訊《き》きたいとは……」

及び腰になる浄偉《じょうい》。

小陽《こはる》はそんな浄偉《じょうい》の遠慮を無視した。

「何と！　私たちは水着を買いに来たのです」

「へ、へぇ～」

浄偉《じょうい》の顔が小さく引《ひ》き攣《つ》る。

そんな彼の動揺を、小陽《こはる》だけでなく茉莉花《まりか》と日和《ひより》も面白がっているような目で見ている。

アリサと明《めい》は、気の毒そうな顔をしていた。——だが、助け船はまだ出さない。

「一緒に来ますか？」

「い、行かねぇよ！」

「またまたぁ〜。本当は付いてきたいんですよね？」

「そんなことはない！」

顔を赤くして強い口調で反論する浄偉《じょうい》。赤面の訳は、怒りよりもむしろ羞恥か。

「本当に？　私はともかく、アリサさんや茉莉花《まりか》さんもいるんですよ。見たくないんですか？」

「小陽《こはる》、そろそろ行きましょう」

明《めい》が横から口を挿《はさ》んだ。まともに反撃できない浄偉《じょうい》が、さすがに気の毒になったのだろうか。あるいは、小陽《こはる》の絡《から》み方が少々しつこいと感じたのかもしれない。

「火狩《かがり》君にも予定があるだろうし、あんまり引き留めちゃ悪いわ」

アリサが軽く眉を顰《ひそ》めている理由は、多分、後者だ。

「小陽《こはる》はもう少し火狩《かがり》君とお話ししていたいのかもしれないけどさ」

そこへ茉莉花《まりか》が人の悪い笑みを浮かべて参戦した。

「そ、そんなことありませんよ！」

小陽《こはる》が早口で反論する。

「皆さん、行きましょう。ジョーイ、レアなチャンスを逃しましたね」

小陽《こはる》が浄偉《じょうい》に背中を向けてエスカレーターへ足を向ける。

「……まさかのツンデレ？」

日和《ひより》の呟《つぶや》きは彼女の耳に届かなかったのか、それとも聞こえないふりをしたのか。

とにかく、小陽《こはる》は振り返らなかった。


八月も折り返し点に来ているが、まだまだシーズンということだろうか。ワンフロアが丸々、女性用水着売り場で占められていた。男性用は、浮き輪やゴーグルなどと合わせて別のフロアだ。浄偉《じょうい》が小陽《こはる》の挑発に乗っていたら、さぞかし居心地の悪い思いをしたことだろう。

「無理に連れてこなくて良かったね……」

まさにそう考えた日和《ひより》がぽつりと漏らす。

「最初から同行を許すつもりなんてありません。私だけならともかく、皆さんの水着姿を見せるなんてあり得ないじゃないですか」

小陽《こはる》の、やや向きになった反論。

「小陽《こはる》一人だったら良いの？」

日和《ひより》が「素朴な疑問」を装《よそお》う。

「そんなことは」「はいはい、もう良いでしょ」

なおも言い返そうとする小陽《こはる》を、明《めい》がうんざりした口調で遮った。

「水着を買いに来たんでしょ。そんな調子だと買い物が終わらないわよ」

明《めい》のセリフに、日和《ひより》が決まり悪げに目をそらす。昨晩「みんなで水着を買いに行こう」と言い出したのは彼女だった。

「じゃあ、いったん散《ばら》けようか。三十分後に、ここの試着室に集合ってことでどう？」

気まずい空気を吹き払うためだろう。茉莉花《まりか》がことさらに明るい声で提案した。

「三十分は少し短くないかな？」

そんな茉莉花《まりか》の意図を知ってか知らずか、アリサがすぐに反応を返す。

「アーシャ、『いったん』だよ」

「……どういうこと？」

本気で首をかしげるアリサ。

「候補の水着を持ってきて見せ合うんですね？」

質問の形で答えを出したのは小陽《こはる》だった。

「そういうこと」

茉莉花《まりか》が「大正解」と言わんばかりの笑顔で頷《うなず》く。

「というわけで、行こう、アーシャ」

そしてアリサの手を引っ張って、立体映像ではなく実物を吊《つる》してある水着の列へ足早に進んだ。

「……私は一人で見て回ることにするわ」

「小陽《こはる》はどうする？」

「日和《ひより》さんとご一緒させてもらって良いですか？」

「うん、良いよ」

話がまとまり、明《めい》は一人で、日和《ひより》と小陽《こはる》は二人で水着の物色を始めた。

茉莉花《まりか》がアリサを引っ張っていった先は、大人の女性に向けたセパレートタイプが集められているエリアだった。

「ミーナ……。こういうのを、着るの？」

「えっ？　まさか。あたしじゃ似合わないよ」

笑いながらあっけらかんと答える茉莉花《まりか》。

アリサは嫌な予感を覚えた。

「……じゃあ、何で？」

「アーシャに似合いそうだと思って」

語尾に「♪」が付いていそうな弾む口調で茉莉花《まりか》は答える。

「却下」

それに対するアリサの反応は、間髪を容《い》れないものだった。

「えーっ」

「無理！　こんなの無理！」

不満顔で、抗議の声を上げる茉莉花《まりか》に、アリサは「無理」を繰り返した。

「これなんかアーシャに似合うと思うんだけど」

「無茶言わないで！　それ、セパレートって言うよりビキニじゃない！」

「アーシャなら着こなせると思うんだけどなぁ。じゃあ、これなんてどう？」

そう言って茉莉花《まりか》が手に取った水着は、布面積が然程《さほど》変わらない物だった。

アリサが据わった目で茉莉花《まりか》を見返す。

そして、吊《つる》してあるカラフルな水着の列を勢いよくかき分け始めた。

「ミーナには、これなんてどうかしら？」

そして取り出した商品は本物のビキニ、しかもヒョウ柄のタイサイド（紐《ひも》ビキニ）だった。

「何をもめてたの？」

三十分が経《た》ち試着室の前に戻ってきたアリサは、開口一番、明《めい》にそう訊《き》かれた。

「ミーナがふざけてばかりいたから……」

「あっ、ひっどーい。ふざけていたのはアーシャの方じゃん。あたしは大真面目だったよ」

「あれで真面目なら余計に質《たち》が悪いよ」

アリサと茉莉花《まりか》の視線がぶつかる。明《めい》が見たところ、それは「睨《にら》み合《あ》い」と言うより「意地の張り合い」と表現すべき状態だった。

だがアリサと茉莉花《まりか》のちょっとした喧嘩《けんか》状態──あるいはじゃれ合い──が気になったのは明《めい》だけだったようだ。

「ところでどんなのを選んできたの？」

日和《ひより》は興味津々《きょうみしんしん》の顔でアリサのそばへ寄ってきた。

「早く着て見せてくださいよ」

小陽《こはる》はわくわくした目つきで茉莉花《まりか》を見上げている。

「……私たちだけが試着するんじゃないからね？」

アリサがそう言いながら試着室に入り、茉莉花《まりか》も日和《ひより》と小陽《こはる》の視線に押される格好で隣の試着室に入った。

試着室で不埒《ふらち》な事案が発生するのを防ぐためか、扉の上と下には狭い隙間が空いている。

そこから漏れ聞こえてくる衣擦《きぬず》れと足踏みの音。

わずかな時間差で、両方の試着室から漏れていた音が消える。

多分、一着目を着替え終わったのだろう。

「アリサさん？」

「茉莉花《まりか》？」

だが、中々扉が開かない。不審に思った小陽《こはる》と日和《ひより》が中に呼び掛ける。

「着替えは終わっているのでしょう？　開けるわよ」

じれてそう言ったのは明《めい》だ。

とは言え、鍵は当然掛かっている。魔法を使わない限り外から勝手に開けることはできない。

そして明《めい》は、こんな所で、こんなことで魔法を使うような、軽率な性格ではない。

それはアリサにも茉莉花《まりか》にも分かっているはずだった。

にも拘《かか》わらず――、

「ちょっと待って！」

「分かった！　自分で開けるから！」

前者はアリサ、後者は茉莉花《まりか》。二人は慌てて明《めい》の暴挙を制止し、同時に、そろそろと試着室の扉を開けた。

「おお、セクシー……」

アリサの水着姿を見て、日和《ひより》が男性のような――もっと言えばおっさんのような感想を漏らした。

黒の、ビキニではなくワンピース。露出はそんなに激しくない。ただサイドがレースアップ（紐《ひも》を交差させて編み上げたような装飾）になっていて、日和《ひより》が言うようにかなりセクシーなデザインだ。高校一年生には少々背伸びしたデザインだが、手足が長くスリムなアリサにはよく似合っていた。

「日和《ひより》、言い方……」

やはり恥ずかしいのか、弱々しく抗議するアリサは俯《うつむ》き加減だ。彼女の白い肌が薄らと赤らんでいるようにも見える。

「わっ！　茉莉花《まりか》さん、すご……」

一方で、小陽《こはる》は茉莉花《まりか》を見て言葉を失っていた。

茉莉花《まりか》の水着は白のセパレート。ボトムスはショートパンツタイプで、ビキニと言うほど露出は激しくない。トップスも肩紐《かたひも》がフリルになっていて年相応に可愛《かわい》らしいデザインだ。

だが白は膨張色。ただでさえグラマーな茉莉花《まりか》の胸が余計に強調されている。茉莉花《まりか》はどちらかと言えば色白な方だが、水着に使われている光沢のある白に比べればやはり鮮やかさが違う。結果的に、水着で覆われている部分が余計に大きく見えていた。

「すご、って何よ」

怒っているような口調で言う茉莉花《まりか》は、目が泳いでいた。

二人とも明らかに、意地になって着てみたもののやはり恥ずかしかったようだ。おそらく、後悔も覚えている。

ところで、二人が使っている試着室の扉は右の外開きで、茉莉花《まりか》が本人から見て左側だ。アリサの試着室の扉が衝立《ついたて》の役目を果たして、そのままではお互いの姿が見えない。

やはり気になるのだろう。

茉莉花《まりか》は扉にへばりつくような体勢で、アリサの試着室をのぞき込んだ。

「わっ！」

そして声を上げ、目を丸くした。

「な、なに？」

アリサがビクッと身体《からだ》を震わせ、今更のように両腕で胸を隠した。

その羞じらっている様が、同性でも思わずクラッとくるほど色っぽい。

「お、思ったとおり似合っているじゃない」

答える茉莉花《まりか》の声は上擦っていた。

「……いやらしい」

アリサは涙目で茉莉花《まりか》を睨《にら》み付《つ》ける。

「い、いやらしい⁉」

茉莉花《まりか》は狼狽《ろうばい》し、言葉を失った。

「今のミーナの目、何だかいやらしかった」

畳み掛けるアリサ。

「濡《ぬ》れ衣《ぎぬ》だよ！」

茉莉花《まりか》は絶句から抜け出し、猛然と反論する。茉莉花《まりか》は隠れていた扉の陰から出て、全身をアリサの前に曝《さら》していた。

他のことに神経が回らなくなったのだろう。

勢い良く飛び出した反動で、白いトップスに包まれた胸が大きく揺れる。

「……いやらしい」

同じセリフを違う口調で、呟《つぶや》くようにアリサが口にする。

「今度は何⁉」

口調の違いから、アリサの「いやらしい」が別のことを指しているのが茉莉花《まりか》には分かった。

「そんなに大きな胸して……見せびらかしてるの？」

気の所為《せい》ではないだろう。アリサの目付きが僻《ひが》みっぽいものになっていた。

茉莉花《まりか》が両手で勢いよく自分の胸を隠す。さっきと逆のパターンだ。

「これ選んだの、アーシャじゃん！」

裏返り掛けた声で茉莉花《まりか》が反論する。

「そんな風に見せびらかされるなんて思ってなかった」

アリサの声は対照的に、普段より半オクターブ以上低かった。

「見せびらかしてなんかないって！　大体アーシャの胸だって大きい方でしょう！」

「ミーナほど大きくないよ！」

「はい、ストップ。二人とも、落ち着いて」

二人の声のボリュームが迷惑レベルにまで上昇したところで、明《めい》がようやく仲裁に入った。

「落ち着いた？」

「ごめんなさい」

テーブルの向かい側に座る明《めい》に向かって、アリサと茉莉花《まりか》が声を揃《そろ》えて頭を下げる。

五人はショッピングを一時中断して、同じビルのファストフード店に移動していた。

「茉莉花《まりか》はともかく、アリサがあんなにエキサイトするなんて……。らしくないわよ」

「仰《おっしゃ》るとおりです。申し開きのしようもございません……」

ますます小さくなるアリサ。

茉莉花《まりか》は不満げな声で「ともかく、って……」と呟《つぶや》いたが、明《めい》にジロリと睨《にら》まれて、アリサよりもさらに縮こまった。

「アリサさんもバストサイズを気にしたりするんですね」

小陽《こはる》が意外感のこもった声を漏らす。

「正直、意外ね」

日和《ひより》がそれに同調した。

「それは……。水着だと、普段は気にならないことも気になるっていうか……」

アリサが弱々しく言い訳する。

「茉莉花《まりか》さんも言ってましたけど、アリサさんの胸は普通に大きいと思いますよ」

「むしろアリサの場合、それ以上大きかったらバランスが悪いと思うわ」

小陽《こはる》と明《めい》が立て続けにアリサの勘違い（?）を指摘した。

「そうだよ。アーシャは贅沢《ぜいたく》だ」

ここぞとばかり茉莉花《まりか》が便乗する。

「茉莉花《まりか》も贅沢《ぜいたく》だと思うよ。そんなに立派なものを持っていて何が不満なの」

茉莉花《まりか》の胸に向けられている日和《ひより》の目は、妬ましげと言うより恨めしげだった。

「えっ、でも」

「はい、ストーップ。ここでも騒ぎを起こすつもり?」

反論しかけた茉莉花《まりか》だったが、またしても明《めい》に制止され大人しくなった。

彼女たちはファストフード店でしばらく時間を潰した後、水着売り場に戻った。

あの程度の騒ぎは取り立てて問題視されるものではなかったようで、店員から嫌な顔をされることもなく、五人は無事に買い物を終えた。

なおアリサも茉莉花《まりか》も、例の水着は買わなかった。

【2】合宿初日

急遽《きゅうきょ》決まった一高マーシャル・マジック・アーツ部四日間の夏合宿、初日の早朝。

「おはよう、アーシャ」

自宅最寄り駅の改札外で待っていたアリサの許《もと》へ、ダッフルバッグを背負った茉莉花《まりか》が朝の挨拶《あいさつ》をしながら駆け寄った。

「待った？」

「おはよう。ほんの少しだから大丈夫だよ」

笑顔で答えて、アリサは地面に置いていたバッグのハンドルを手に取った。茉莉花《まりか》とお揃《そろ》いの、キャスター付きのダッフルバッグだ。それを茉莉花《まりか》のように背負うのではなく、キャリーバッグ（トロリーバッグ）のようにレンガタイルの床を転がして、アリサは改札を通り抜けた。

そのすぐ後に茉莉花《まりか》が続く。彼女のバッグはアリサの物より膨れているが、背負っていても全く重そうな素振りを見せていなかった。

まだ七時にもなっていないし今はお盆シーズンなのだが、プラットホームは無人ではなかった。それでも百年前のようにホームが人で溢《あふ》れかえることはない。二人は三組待ちで個型電車《キャビネット》に乗った。

個型電車《キャビネット》には二人乗りと四人乗りの車輌《しゃりょう》があり、料金は「一人幾ら」で計算される。そして、二人以下で四人乗りの車輛《しゃりょう》を利用すると追加料金が発生する。

輸送効率を上げる為《ため》、個型電車《キャビネット》のサイズは必要最小限に抑えられている。二人で二人乗りの個型電車《キャビネット》を利用すると、荷物を置くスペースが無い。その為《ため》、旅行などで大きな荷物を持ち込む場合は追加料金を払って四人乗りの個型電車《キャビネット》を利用するか、敢《あ》えて別々の車輛《しゃりょう》を利用するのが一般的だ。

だが彼女たちは、車輛《しゃりょう》を別にするという選択肢は採らなかった。だからといって、追加料金も選ばなかった。

個型電車《キャビネット》の中で二人は、膝の上に大きなダッフルバッグを抱えていた。中身は主として着替えとはいえ結構重いし、何より嵩張《かさば》る。二人とも太ってはいないし女性として特に大柄というわけでもないが、それでも窮屈であることは否《いな》めなかった。

そんなわけだから合宿地の最寄り駅で個型電車《キャビネット》を降りた直後に、アリサと茉莉花《まりか》が解放感から揃《そろ》って「んんーっ」と声を出しながら大きく伸びをしたのは自然なことだった。

「アーシャ、涙が出てるよ」

茉莉花《まりか》がそう言いながらアリサの顔に手を伸ばす。

「ミーナだって」

アリサはその手を拒むのではなく、同じように手を伸ばして指で茉莉花《まりか》の涙を拭った。

「行こっか」

茉莉花《まりか》がダッフルバッグを背負いながら改札の外へ目を向ける。

そこには小陽《こはる》が待っていた。

「そうだね」

今度はアリサもバッグを背負って、手を振る小陽《こはる》に小さく手を振り返した。

駅前に集まったのはマジック・アーツ部の合宿参加者だけではなかった。合宿所が隣接しているので、山岳部の部員も小陽《こはる》の父親が共同経営者を務めるトウホウ技産のバスに同乗することになっている。

「小陽《こはる》、うちは全員揃《そろ》ったぜ」

浄偉《じょうい》が山岳部の集合状況を小陽《こはる》に伝える。彼にこの役目が与えられたのは、山岳部内で浄《じょう》偉《い》が小陽《こはる》の「幼馴染《おさななじ》み」と認識されているからだ。また、バスを手配したのが小陽《こはる》だから、という理由もあった。

「ジョーイ。部長さんが挨拶《あいさつ》されているのはOBの方ですか？」

小陽《こはる》が見ている先では山岳部の部長が彼女の知らない、二十歳前後の体格が良い男性に最敬礼で頭を下げている。

小陽《こはる》の視線をたどって、浄偉《じょうい》は「ああ……」と呟《つぶや》いた。

「あの人は西城《さいじょう》先輩だ。『克災救難大《こくさいきゅうなんだい》』の二年生で、今回の合宿に指導役として来てくれた、先々代の部長だよ」

「……『コクサイキュウナンダイ』って『レスキュー大』のことですよね？」

「おっ、相変わらず物知りだな」

「あそこは魔法を使わない災害救助を教えているんじゃありませんでしたっけ？」

「言いたいことは分かる」

訝《いぶか》しげな表情を浮かべる小陽《こはる》に、浄偉《じょうい》はそう言って頷《うなず》いた。

「でも、魔法師以外にやりたい仕事があるなら、それに役立つ進学先を選ぶのも一つの道じゃないか？」

「それは、そうですね……。西城《さいじょう》先輩は消防士を目指しているんですか？」

「そこまで詳しくは知らん。機会があったら訊《き》いておいてやるよ」

そのセリフと共に浄偉《じょうい》は背を向けた。

「無理に訊《き》かなくても良いですからね！」

彼の背中に小陽《こはる》が叫ぶ。

浄偉《じょうい》は「分かった」と言うように、背を向けたまま片手を挙げた。


バスはマジック・アーツ部が使うトウホウ技産の研修所前で停《と》まった。全員がバスを降りてそれぞれの合宿所に向かう。なお山岳部の合宿所は、ほぼ隣と言って良い近距離にあった。

マジック・アーツ部とアリサたちが泊まるトウホウ技産の研修所は和室だった。企業の研修所（合宿所）が今時和室というのは珍しい気もするが、人数の調整がし易《やす》いという点は合理的かもしれない。

部屋は和室が六部屋用意されていた。マジック・アーツ部男子用に三部屋、女子用に二部屋。そしてアリサ、明《めい》、日和《ひより》、小陽《こはる》の部屋だ。残念ながら、ではなく当然のことながら、茉莉花《まりか》はマジック・アーツ部の部員と同室でアリサとは別室だった。

部屋に荷物を置き、全員がトレーニングウェアに着替えたところで――アリサたちも一応、一高の体操服に着替えた――昼食になった。

食事は部員による自炊ではなく、研修所の食堂が提供してくれることになっている。これは経営者の娘に忖度《そんたく》したサービスではなく、厨房《ちゅうぼう》を貸して食中毒を出されでもしたら企業のダメージになるからだ。

合宿参加メンバーは独り暮らしをしている者が多い。また、厨房《ちゅうぼう》には自動調理機が揃《そろ》っている。だから自炊をしなければならなかったとしても不自由は無いが、時間になれば食事が出てくるのであれば、そちらの方が楽だ。心置きなくトレーニングに打ち込めるので、部員としても賄い付きの方がありがたかった。

「食事の後、早速練習？」

アリサが隣の席に座った茉莉花《まりか》に訊《たず》ねる。

茉莉花《まりか》は食堂に入るなり、アリサの許《もと》へ駆け寄った。部屋が別々なのは仕方が無いから食事の時くらい、という心情を彼女は全身で表現していた。その結果、こうしてアリサの隣をゲットしている。……最初から皆は「アリサの隣が茉莉花《まりか》の席」と思っていたから、実のところそんなに慌てる必要は無かった。ただそのように野暮な指摘をする者は無く、全員が茉莉花《まりか》の独り相撲を温かい目で見守っていたのだった。

「山岳部と一緒に山道でロードワークって聞いてる」

「山道で⁉　それ、危なくない？」

そう訊《たず》ねたのは向かい側に座った明《めい》だ。

「山道って言ってもアップダウンがきついだけで危なくないんだって」

「安全には配慮されているのね……。そりゃそうか」

茉莉花《まりか》の回答に、明《めい》が納得の表情を浮かべた。

ここは西の外れとはいえ関東州《かんとうしゅう》の旧東京《とうきょう》都。魔法大学や魔法科高校だけでなく、一般の大学や企業も合宿地として利用している。危険な箇所が皆無ではないが、トレーニングに使えるトレッキングコースは整備されていた。

「じゃあ、私も走ろうかしら」

明《めい》は陸上部。専門は走り高跳びだが、走るのはやはり好きなようだ。

「人数制限があるわけじゃ無いから良いと思うよ。そうだ、アーシャも一緒に走ろうよ」

茉莉花《まりか》が無邪気にアリサを誘う。

「そうね……」

アリサの外見は「深窓の令嬢」で運動が得意そうには見えない。だが実は体を動かすのも好きだし、運動神経も発達している。体力も人一倍だ。

「……一緒に行くよ」

アリサが迷ったのは、ほんの短い時間だった。

嬉《うれ》しそうに「うん!」と頷《うなず》く茉莉花《まりか》から、アリサは視線を移動させた。

「日和《ひより》と小陽《こはる》はどうする?」

「あたしはやめとく」

「私もちょっと……」

日和《ひより》は面倒くさそうに、小陽《こはる》は「滅相もない」と言わんばかりに首を横に振った。

◇◇◇

昼食の後、日和《ひより》は宿泊する研修所を小陽《こはる》に案内してもらっていた。

研修所には宿泊関係の施設だけでなく資料室もあって、大小様々な機械模型が展示ケースに収められている。模型だけでなく古いエンジンの実物らしき物もあった。

「これなんて随分古そう」

ケースの一番奥に展示されていた、実物のエンジンと思われる機械を日和《ひより》が指差す。

「二十世紀後半の2スト《ツー》ですね。模型ではなく実物です」

「つーすと？」

「2《ツー》ストロークガソリンエンジンの略語です。2《ツー》サイクルエンジンとも呼ばれていました」

小陽《こはる》が嬉《うれ》しそうに解説する。好きな物について語る喜びが、口調だけでなく表情や仕草にも表れていた。

「へーっ、ガソリンエンジン……」

内燃機関エンジンは二〇九九年現在でも広く使用されている。だがそのほとんどは水素燃焼エンジンやエタノール／メタノールエンジンで、市中でガソリンエンジンが使用されるケースは皆無と言って良い。

日和《ひより》は魔法を使えるとはいえ、それ以外の分野では一般の女子高校生だ。ガソリンエンジンの実物を見るのは、これが初めてだった。

「このエンジンを積んだ我が社のレースマシンが世界一になったこともあるんですよ」

誇らしげに、小陽《こはる》は「我が社」と言う。父親がトウホウ技産の大株主だから、ではなく仲間意識、身内意識から出た言葉だった。

「世界一って、レースで？」

「ええ。世界グランプリって呼ばれていた頃の、オートバイのロードレース世界選手権で」

「小陽《こはる》がバイク部に入部してたのって、もしかしてそれが理由？　もう一度ロードレースで世界一になりたいとか？」

日和《ひより》の問い掛けを、小陽《こはる》は「い、いいえ」と慌てて否定した。

だがそれは、本心からのものではないように見えた。

「そんなに恥ずかしがらなくても……。女の子がレースを好きでも、別におかしくないと思うよ。レースクイーンになりたいって女子もいるんだし」

ガソリンエンジンではないが内燃機関のモーターレースは現在も行われている。また一時期ポリティカル・コレクトネスと呼ばれる文化統制主義、非民主的価値観強制によって弾圧されたレースクイーンという職業も、既に職業選択の自由を取り戻している。

「……本当に、レースだけが目的ではないんですよ。私は単純に、機械が好きなんです」

恥ずかしそうに抗弁する小陽《こはる》。ただ「レースだけが」と言っている時点で、彼女の本音は明らかだった。

少なくとも、レースが動機の一つになっているのは確かだと日和《ひより》は考えた。だがそれを口に出して指摘する程、彼女の性格は悪くない。

「あっちのは新しそう」

自分から話を逸《そ》らす目的で、日和《ひより》は別のショーケースへと目を向けた。

「え、ええ。それはですね……」

急な話題転換に戸惑いつつも、小陽《こはる》は日和《ひより》が指差す展示物について丁寧に説明していった。

◇　◇　◇

マジック・アーツ部はこの合宿に約半数の十八人が参加している。山岳部は全員参加の十九人だ。これにアリサと明《めい》、それにコーチ役で来ているOB・OG各一名の合計四十一人が一団となって山道を駆けていた。

競走ではないのでペースはそれほど速くない。ただし走る速さを揃《そろ》える為《ため》に、半数以上が手足に錘《おもり》を付けていたり砂袋を詰めたフレームザック（背負子《しょいこ》のようなフレームを持つリュックサック）を背負っていたりしている。

飛び入り参加のアリサと明《めい》は、走力とは関係なく加重を免除されていた。二人のポジションは集団の最後尾近くだ。そしてアリサの隣には、両手足だけでなく腰にもウエイトを巻いている茉莉花《まりか》がいた。

「茉莉花《まりか》、貴女《あなた》のそれ、幾らなんでも重くないの？」

アリサを挟んで反対側を走っている明《めい》が茉莉花《まりか》に訊《たず》ねた。彼女の息は少し弾んでいる。陸上部の活動で走ること自体には慣れていても、起伏の多いコースは勝手が違うのだろう。

「これ位、平気だよ」

その言葉どおり、茉莉花《まりか》は少しも苦しそうな顔をしていないし、呼吸もほとんど乱れていなかった。

「あたしより明《めい》の方が辛《つら》そうだけど」

「この程度、慣れているわ」

茉莉花《まりか》の指摘に、明《めい》は強気の答えを返す。もしかしたら強がりかもしれなかったが、それを指摘しても何も生み出さない。

「ところでアーシャは大丈夫？　日差しがきつくない？」

茉莉花《まりか》は非生産的な口論に踏み込むのではなく、相手をアリサに変えた。

「平気よ」

アリサの答えはその言葉だけでなく、口調まで涼しげだった。

しかし茉莉花《まりか》はアリサが紫外線を苦手としているのを知っている。

「でも」

今度は「本当に平気なのか」と茉莉花《まりか》は訊《たず》ねようとした。

「アリサ」

しかしその問いを明《めい》が遮った。

「魔法を使っているでしょ」

質問ではなく、断定の口調。

「うん」

アリサはまるで悪びれた様子も無く、明《めい》の決め付けを認めた。

「えっ、気付かなかった。もしかして、魔法で紫外線を遮断しているの？」

茉莉花《まりか》が器用に、走りながら小さく飛び上がって驚きを表現する。

「紫外線だけじゃないわよね」

またしても明《めい》が会話に割り込んだ。

「良く分かるね」

今度はアリサが表情と口調で驚きを表した。ただし、走るペースに乱れは無い。

「アリサ、余り汗をかいていないじゃない。赤外線も遮断しているんでしょ」

明《めい》の指摘に、茉莉花《まりか》が顔をアリサに近付けた。

「あっ、本当だ。じゃあ、紫外線遮断と赤外線遮断の二つの魔法を使っているの？」

「ううん、一つだけ」

アリサの答えに茉莉花《まりか》が「？」という顔になる。

「じゃあ［不可視光線フィルター］？　赤外線と紫外線を同時に遮断しているの？」

訊《たず》ねる明《めい》の声には驚きと呆《あき》れが等量混じっていた。

「そうだよ」

アリサの答えはあっさりしたものだ。自慢げな要素は何処《どこ》にも見当たらなかった。

「へぇ〜、大したもんだ」

そこへ背後から、野太い声が割り込んできた。

野太く、口調も砕けたものだったが、野卑な印象は無い。

「ああ、振り向くなよ。オレの方から声を掛けておいて何だが、ちゃんと前を見てなきゃ危ねえからな」

注意を受けて、振り向き掛けていた茉莉花《まりか》が慌てて前へ向き直った。

「オレは山岳部OBの西城《さいじょう》レオンハルトって者《もん》だ。真面目に走っているところを邪魔しちまって、すまなかったな」

「いえ、あたしたちの方こそ無駄話をしてすみませんでした」

茉莉花《まりか》は前を向いたまま、大声で反省の言葉を伝えた。

「そんくらい余裕があるのは頼もしいんだが、足下には気を付けろよ」

西城《さいじょう》レオンハルト——レオは苦笑気味に応えを返す。なおこの遣《や》り取《と》りの間にも、彼らは同じペースで走り続けている。

「はい！」

三人の中で最も体育会系な茉莉花《まりか》が威勢良く返事をした。

「おう。最後まで気を付けてな」

その応えが聞こえた直後、茉莉花《まりか》の横をがっちりした男性――レオが追い越していった。

彼は背中に、他の部員の倍のサイズに膨れたフレームザックを軽々と背負っていた。

集団の先頭に出たレオは、それまで先導役を務めていたOGと短く言葉を交わして役目を交代する。

「ジョーイ、バテてんじゃねーぞ」

そして部長命令で先頭を走らされている浄偉《じょうい》に活を入れた。

「オスッ!」

大声で返事をした浄偉《じょうい》だが、その息遣いは少し苦しそうだ。彼が背負っているフレームザックはレオの半分の大きさだが、それは三年生男子が使っている荷重と同じ重さだ。浄偉《じょうい》はヒョロリとした見た目に反して、筋力でも持久力でも山岳部一年生の中では一番だが、二年間多く鍛えている三年生には敵《かな》わない。

もっとも無加重ですっかり息が上がっている一年生もいるから、彼らのことを考えれば無茶なトレーニングとも言えないだろう。むしろ、こうして「会話」という負荷を与えるくらいでちょうど良いのかもしれない。

「ところでジョーイ。ちと訊《き》きたいんだけど」

「何ですか、レオ先輩」

浄偉《じょうい》がレオと会うのは今日でまだ三回目だ。だが二人は「ジョーイ」「レオ先輩」と自然に呼び合う仲になっている。

「後ろの方を走っている淡い金髪の女子にオレ、見覚えが無いんだが。彼女、マジック・アーツ部員かい？　格闘少女ってイメージじゃなかったけどな」

「金髪女子……ああ、十文字《じゅうもんじ》さんですか。彼女はマジック・アーツ部じゃありません。ゲストですよ」

「十文字《じゅうもんじ》？　十師族《じゅっしぞく》の十文字《じゅうもんじ》か？」

レオの口調のニュアンスは、驚きや意外感よりも何故《なぜ》か疑問の割合が大きかった。

「そうですけど」

「似てねぇ！」

「……確かに、似ているとは言えませんね」

レオと浄偉《じょうい》の温度差は、思い浮かべた比較対象の違いによる。レオが思い浮かべたのは十《じゅう》文字家《もんじけ》当主の克人《かつと》で、浄偉《じょうい》は一高副会長の勇人《ゆうと》だった。

「……だが、十文字家《じゅうもんじけ》の娘さんなら納得だな」

しかしレオの声には一転して、納得感が宿る。

「何か、あったんですか？」

浄偉《じょうい》の息が、本格的に怪しくなってきた。

「その女子、赤外線と紫外線を同時に遮断する［不可視光線フィルター］を走りながら維持していやがった。しかもＣＡＤの補助無しだぜ」

「凄《すご》いですね」

会話を続けるのが苦しくなった浄偉《じょうい》の受け答えが雑になる。

「まったくだ」

一方、レオは浄偉《じょうい》の倍以上の荷物を背負いながら涼しい顔だ。後輩のお座なりな応答も「もう息が上がったのか？」「だらしねえなぁ」程度にしか思っていない。

「凄《すご》いと言えば、一緒に走っていたボブカットの女子も中々だったな。両手両足だけでなく、ベルトまで着けてまるで息を乱していなかったぜ」

「ああ、そっちは、マジック・アーツ部の、一年ですよ」

遂《つい》に浄偉《じょうい》の答えが途切れ途切れのものとなる。

「ほぉ、格闘少女か。あいつが好きそうなタイプだな」

「あいつ？」

反射的に問い返した浄偉《じょうい》だったが、その呟《つぶや》きは吐く息に紛れて最早《もはや》言葉になっていなかった。

問いが届かなかったレオが答えるはずもなく、彼は何が可笑《おか》しいのか、何が楽しいのか、ニヤニヤ笑いながら走り続けていた。

山道のランニングが終わって、山岳部とマジック・アーツ部はそれぞれのトレーニングに分かれた。まだ夕方とも呼べない時間だったが、アリサと明《めい》はどちらにも参加せず一足先に研修所に戻った。

◇◇◇

研修所のすぐ横にはテニスコートがある。そこで日和《ひより》と小陽《こはる》が対戦していた。

「あら、楽しそう」

明《めい》が言うように、二人は和気藹々《わきあいあい》とラリーをしている。勝ち負けを競う試合ではなく、楽しむ為《ため》のゲームだ。

日和《ひより》は競技テニスの経験者。中学校の部活ではなくテニススクールの選手育成クラスだ。本人は「体力作りで親にやらされていた」と言っていたが、受験勉強が本格化するまで続けていたらしい。なお魔法師の家庭で子供に球技を習わせる例は多い。将来魔法師として働くならホワイトカラーより間違いなく体力は必要だし、とっさの判断力の訓練になるからだ。

そんな背景があるから、日和《ひより》が上手《うま》いのはある意味当然と言える。

「意外に上手……」

だからアリサがそう呟《つぶや》いた対象は、日和《ひより》ではなく小陽《こはる》の腕前だった。

「習ってたんじゃない？　小陽《こはる》はあれでもお嬢様だから」

アリサの声は独り言に相応《ふさわ》しく小さなものだったが、明《めい》は耳聡《みみざと》く聞き取っていた。

「あれでも、って」

アリサの呆《あき》れ声には「小陽《こはる》に失礼じゃない？」という非難のニュアンスがあった。

だがその直後に「クスッ」と漏らした笑い声が、自分のセリフを裏切っていた。


アリサたちがコート脇まで近付くと、それに気付いた日和《ひより》がラリーを中断した。

「二人もやる？」

そして、右手に持ったラケットを上げてアリサと明《めい》に話し掛けた。

「ラケットは貸してもらえるのかしら」

明《めい》が乗り気を見せて訊《たず》ねる。

「もちろんですよ」

コートの反対側から近付いてきた小陽《こはる》が笑顔で答えた。

「でも靴がこれだから……」

アリサは山道を想定して選んだソールの硬いランニングシューズを見下ろしながら、困り顔で微笑《ほほえ》んだ。

研修所のコートは、何とグラスコート――天然芝。実を言えばこのコートはテニスをすることが目的ではなく、芝の手入れをする自動機の運用テストの為《ため》の物だった。

様々な条件の芝でメンテナンスロボットの運用データを取るサンプルの一つとしてのテニスコートだ。傷《いた》んだ状態になって整備されることを本来の目的として作られた物だが、限度がある。テニスのプレーでは普通なら生じない損傷は、異常なサンプルになってしまう。仮にイレギュラーなデータを許容するとしても、芝を傷つけると分かっている靴のままプレーするのはアスリートのマナーとして避けるべきだろう。

「大丈夫です。シューズも各サイズ、揃《そろ》えてあります。何でしたらウェアもありますよ」

しかし大企業の研修所に抜かりは無かった。いや、「大企業の」と言うより「トウホウ技産の」と言うべきかもしれない。

「あら、良いわね」

意外というか人は見掛けによらないというか、「テニスウェア」に明《めい》が食い付いた。

「随分汗をかいちゃっているし、着替えさせてもらおうかしら。アリサもそうしなさいよ」

ただ、鼻息が荒いとか目が血走っているとか、そういう異常心理の徴候は見られなかった。

だからアリサも、拒む口実を思い付かなかった。

流されるままテニスウェアに着替えたアリサは、ネットを挟んで日和《ひより》と向かい合っていた。

二人の間をボールが往《ゆ》き来《き》する。それなりに球の勢いはあったが、試合ではない。二人は足を止めてラリーを続けていた。

忙しく走り回っているのは明《めい》と小陽《こはる》の方だった。どうやら明《めい》はテニスの経験が無かったようで、スイングがぎこちない。技術不足を運動神経で補っていたが、スイートスポットを外すことが多くボールが中々小陽《こはる》の手元に返らない。一方、小陽《こはる》は初心者の域を出ているものの、走り回りながら正確に返球する程のテクニックは無い。

「そろそろ終わりにしましょう？」

ボールを打ち返すのではなくキャッチしたアリサが——正確に言えば、一旦ラケットで勢いを殺してワンバウンドさせたボールをキャッチした——そう声を掛けた時には、明《めい》も小陽《こはる》もすっかり息を切らしていた。

◇　◇　◇

「あれっ、まだ入ってたんだ」

女子マジック・アーツ部員の中で真っ先に湯船へやって来た茉莉花《まりか》が、お湯に浸《つ》かっている明《めい》と小陽《こはる》を見て意外そうな声を上げた。なお、一年生の茉莉花《まりか》が一番乗りだったのは女子部員のほとんどがすぐに入浴できないほど疲労している為《ため》だ。また、一緒に浴室に来た千香《ちか》を含む少数の上級生は、まだ髪や身体《からだ》を洗い終わっていなかった。

「アーシャは？」

「アリサさんと日和《ひより》さんは先に上がりました……」

茉莉花《まりか》の質問に小陽《こはる》が疲れ切った声で答える。

「……なんでそんなに疲れているの？」

明《めい》はともかく――彼女も一目で分かる程ぐったりしていた――ランニングに参加していない小陽《こはる》が何故《なぜ》ここまで疲労しているのか、茉莉花《まりか》は本気で首を捻《ひね》った。

「あの後、四人でテニスをしたの」

茉莉花《まりか》の問いに明《めい》が答える。

「ああ、すぐ横にテニスコートがあったね。試合でもしたの？」

「いいえ。アリサは日和《ひより》と、私は小陽《こはる》とラリーをしたんだけど、とにかく走り回らされちゃって」

「あれは私だけが悪いんじゃありませんよぉ……」

明《めい》のセリフに、小陽《こはる》が今にもブクブクと湯の中に沈んでいきそうな表情で抗議した。

「……お疲れ様」

事情が呑《の》み込めない茉莉花《まりか》は、困惑顔で取《と》り敢《あ》えず二人に慰労の言葉を掛けた。

◇◇◇

夜、九時過ぎ。茉莉花《まりか》がアリサたちの部屋を訪ねてきた。

いきなりアリサに抱き付き、「エヘヘ……」と甘えた声を出す茉莉花《まりか》。

アリサは目を白黒させて「どうしたの？」と焦《あせ》った声で訊《たず》ねる。

「だって、お風呂《ふろ》の時も夕食の時も一緒じゃなかったんだもん」

茉莉花《まりか》は少し幼い口調で答える。やや拗《す》ねている感じだ。

「……仕方無いよ。夕食はミーティングを兼ねていたんでしょう」

マジック・アーツ部は夕食の席で、今日の反省と明日の予定、強化方針を話し合っていた。

実は同じ時間にアリサたちも食堂にいたのだが、邪魔にならないよう離れた席に座っていた。

「分かってるよぉ。だから今、アリサ成分を補給してるの」

「何それ……」

アリサは心底呆《あき》れている声を漏らしたが、だからといって茉莉花《まりか》を振《ふ》り解《ほど》こうとはしなかった。

「茉莉花《まりか》さん、まだ寝なくて良いんですか？」

部活の合宿では消灯時間も決められているはず。そう考えた小陽《こはる》が横から訊《たず》ねる。

「消灯は十一時。今は部屋で勉強の時間」

アリサの胸に顔を埋めた状態で、茉莉花《まりか》はくぐもった声の答えを返した。

「勉強の時間があるんだね……」

日和《ひより》が感心を込めた呟《つぶや》きを漏らす。

「茉莉花《まりか》は部屋で勉強しなくて良いの？」

明《めい》は咎《とが》めるような声で茉莉花《まりか》に訊《たず》ねた。——委員長気質《かたぎ》と言うべきだろうか。

「アーシャに教えてもらうって言って許可をもらってきたから大丈夫」

アリサの胸にスリスリと頬を擦《こす》り付《つ》けながら茉莉花《まりか》は明《めい》の質問に答えた。

「そっか」

アリサが妙に優しい声を漏らして茉莉花《まりか》の髪を撫《な》でる。

茉莉花《まりか》はうっとりと目を細めた。まるで喉を撫《な》でられている猫の姿。今にもゴロゴロと喉を鳴らしそうな表情だ。

しかし。

「じゃあ、勉強しないとね」

次のアリサのセリフに、茉莉花《まりか》はハッと顔を上げた。

アリサの胸から顔を離し、後退《あとずさ》ろうとする。

しかし両肩をがっちりとアリサに摑《つか》まれてしまう。

「そうね。せっかく勉強の時間を作ってくれているんだから」

明《めい》がそう言って立ち上がり、壁際《かべぎわ》に片付けられていた座卓を部屋の中央に据える。軽量な素材で作られている座卓は、女子一人でも簡単に移動できた。

明《めい》は大真面目な顔をしていたが、その裏で面白がっているのが何となく感じられた。

「これを使ってください」

小陽《こはる》がクローゼットから研修所の備品の大型ノート端末を出して座卓に置いた。こちらは完全に善意の表情だ。

「……どうぞ。残念ながらクラウドサーバーに保存された一般科目の教科書が端末に表示された。

小陽《こはる》の操作で、クラウドサーバーに保存された一般科目の教科書が端末に表示された。

「一般科目の勉強も大切よ。単位を取れなかったら進級できなくなっちゃう」

アリサが茉莉花《まりか》の背後に回り、彼女を座卓の前に座らせた。

「そんなの、ミーナも嫌でしょう？」

そしてアリサは茉莉花《まりか》の耳に唇を寄せ、ゾクッとするような色っぽい声で囁《ささや》いた。

「――うん、嫌だ。頑張る」

率直に言って、茉莉花《まりか》はチョロかった。

【3】合宿二日目

実を言えばアリサたち四人は宿泊日数以外の予定を立てていない。敢《あ》えて言うなら「泳ぎたい」という日和《ひより》の希望があるだけで、それも「何処《どこ》か一日」というレベルのものだ。だから朝食の席で「トレーニングに協力して欲しい」と言われて、四人ともほとんど迷わずに頷《うなず》いた。

そして彼女たちは今、この辺りで一番規模が大きな滝の前にいた。

特に日和《ひより》にとっては残念なことだが、泳ぎに来たのではない。これから滝を形作っている崖を利用して登攀《とうはん》訓練を行うのだ。

滝の水飛沫《みずしぶき》で濡《ぬ》れた岩壁は滑って危ないのではないか――というのは素人《しろうと》の杞憂《きゆう》ではないようで、アリサたちが頼まれたのは落下する部員を魔法で受け止める安全ネットの役目だった。「念の為《ため》に」ではなかった。まだ始まってから一時間も経《た》っていないが、彼女たちが受け止めた山岳部員は三人、マジック・アーツ部員は二人。慣れている山岳部員の方が多いのは、彼らが果敢にアタックしているからだろう。有り体に言ってマジック・アーツ部員の登攀《とうはん》はおっかなびっくりだった。

今もアリサが落下する浄偉《じょうい》を安全な水面に誘導したところだ。本当は濡《ぬ》れないように岸まで運んであげたいところだが、「ずぶ濡《ぬ》れになるのは無茶をしたペナルティ」と山岳部の部長から釘《くぎ》を刺されている。

それに登攀《とうはん》は一人ずつではない。同時に何人も崖に取り付いている。何時《いつ》、次の滑落者が発生するか分からない状況では、安全面に無関係なところまで面倒を見ていられなかった。

それにこんな山奥では、余程危険な術式でもない限り魔法の使用を黙認されている。皆、濡《ぬ》れた服は自力で乾かしていた。

一時間が経過したところでコーチ役のOB、レオが「よーし、休憩」と声を掛けた。

「十文字《じゅうもんじ》さん」

ちょうど岸に上がってきた浄偉《じょうい》が——彼はこれが二回目の落下だった——全身から水滴を滴《したた》らせながらアリサの許《もと》へ歩み寄る。

「なに？」

アリサは質問で応えながら弱い［乾燥］の魔法を浄偉《じょうい》に向かって発動した。もしかしたら涼を取る為《ため》に態《わざ》と乾かさないのかも、とも思ったが、夏とはいえ濡《ぬ》れた服のままでは風邪を引く可能性があったので余計な世話を焼くことにしたのである。

「……ありがとう」

浄偉《じょうい》は決まり悪さと照れ臭さが混じり合った顔で御礼《おれい》を言い、「教えて欲しいことがあるんだけど……」と躊躇《ためら》いがちに切り出した。

「うん、私で答えられることなら」

アリサは友人に対する信頼感で、深く考えずに頷《うなず》く。言いにくそうにしている浄偉《じょうい》の表情を見ても「まさか、告白？」などという勘違いもしなかった。

「……三高の、十文字《じゅうもんじ》竜樹《たつき》の得意な魔法と苦手な魔法を教えて欲しい」

「えっ⁉」

だが実際に受け取った質問は、即答できるものではなかった。

「何故《なぜ》竜樹《たつき》さんのことを？」

だからといって、アリサに過度な動揺は無い。彼女は正面から目を合わせて、浄偉《じょうい》にその意図を訊《たず》ねた。

「来年は、今年と同じ後悔をしたくないんだ」

「九校戦のことを言っているの？」

浄偉《じょうい》が首を縦に振る。

「彼が強敵だということは分かっていた。事前に情報も集めていた。でも十文字《じゅうもんじ》さんから身内しか知らない手の内を聞き出すのは、フェアじゃないと思っていた」

アリサに訊《き》けば、普通に調べたのでは得られない竜樹《たつき》の攻略法が手に入ると、浄偉《じょうい》にも分かっていた。

だが、他家が秘匿する魔法の技術情報を訊《たず》ねるのはマナーに反するというのが、魔法師社会の不文律だ。竜樹《たつき》の情報を家族のアリサに訊《たず》ねるのは、このマナーに抵触すると浄偉《じょうい》は考えていたのだった。

「だけど、それは間違いだった。否《いや》、甘かった。あの試合、ヤツの障壁投射魔法によるダメージが無ければ俺が勝てていた──かもしれない。ヤツにあの魔法があると知っていたら、少なくとも決定的なダメージは避けられた、と思う」

「勝てていた」「避けられた」と断言しないのは浄偉《じょうい》の真面目な性格を反映しているのだろう。そんな場面ではないかもしれないが、アリサはほっこりした気分になった。

「マナーに反する術式の詳細まで訊《き》こうとは思わない。彼にどんな武器があるのか、それだけでも教えてもらえないだろうか」

「良いよ、その程度なら」

アリサがあっさり頷《うなず》いたのには、微笑《ほほえ》ましさに絆《ほだ》されたという面も確実にあった。

「三高の緋色《ひいろ》さんたちも、竜樹《たつき》さんから私の魔法について聞いていたみたいだから」

だが同時に「お互い様」という冷静な判断もアリサにはあった。

浄偉《じょうい》は小休止の時間が終わるまで、アリサの話に真剣な表情で耳を傾けていた。

登攀《とうはん》訓練は正午前に終わった。合宿所への帰り道は、途中まで同じだ。山岳部とマジック・アーツ部の部員は緩い塊となってゾロゾロと歩いていた。

浄偉《じょうい》は山岳部の最後尾近くにいた。疲れ切った足取りだ。足をほとんど引きずっている他の一年生に比べればしっかりした歩き方だが、上級生と比較するとやはり余裕が無い。

そんな浄偉《じょうい》に、小柄な女子がさり気なく寄ってきた。

「ジョーイ、結構参っているみたいですね」

「小陽《こはる》か。お前は元気そうだな」

「私たちは魔法を使っていただけですから」

「羨ましいことで」

そう言う浄偉《じょうい》は本気で羨ましそうな表情だ。

小陽《こはる》は煽《あお》るように得意げな笑みを見せたが、すぐ真顔に戻った。

「ところでジョーイ、さっきアリサさんと何をお話ししていたんですか？」

「さっき？」

浄偉《じょうい》がすぐに回答しなかったのはとぼけたのでも誤魔化したのでもない。疲労で頭が鈍っていただけだ。

だが小陽《こはる》は浄偉《じょうい》が、古い付き合いである自分に言えないような話をしていたと解釈した。

「随分真面目な雰囲気でしたが」

小陽《こはる》が探りを入れる。

「……まあ、そうだな。真面目な話だ」

そうとは気付かぬ浄偉《じょうい》は、魔法師社会のルール違反ギリギリだったという自覚から歯切れが悪い。

それが小陽《こはる》の誤解に拍車を掛ける。

「ジョーイ、あの……諦めた方が良いと思いますよ」

小陽《こはる》は浄偉《じょうい》がアリサに告白をしたと勘違いをした。もっともこれは、今日の一幕だけで短絡的にそう考えたのではなく、以前からアリサに向ける浄偉《じょうい》の眼差《まなざ》しにそういう熱を感じていたからだった。

「はっ？　小陽《こはる》、何言ってんだ。諦められるはずないだろう」

繰り返して言うが、浄偉《じょうい》は疲労で頭の働きが鈍っている。普通なら小陽《こはる》の発言に違和感を覚えていたはずだが、この時の彼は自分の中で辻褄《つじつま》を合わせてしまった。

即《すなわ》ち「（三高の十文字《じゅうもんじ》選手に勝つのは）諦めた方が良いと思いますよ」「（九校戦の雪辱を）諦められるはずないだろう」と彼の頭の中ではつながっていたのだった。

「ジョーイも決してイケてない方だとは思いませんが……、正直、高嶺《たかね》の花すぎると思います」

しかしここまで言われれば、さすがに話が噛《か》み合《あ》っていないと気付く。

「……小陽《こはる》、何を言っているんだ？」

「今更とぼけなくても良いんですよ。ジョーイ、アリサさんに告白したんでしょう」

小陽《こはる》は大真面目で、気遣わしげですらあった。

「はあぁっ⁉」

それが余計に浄偉《じょうい》の驚きと焦《あせ》りを大きなものとする。

「バッ、ちがっ、ナ、ナニ誤解してんだ、オマエ！」

浄偉《じょうい》はひっくり返った声で叫んだ。

「何だ？」「何事だ？」という視線が山岳部からもマジック・アーツ部からも浴びせられる。

気が動転した浄偉《じょうい》は視線の集中砲火から逃れようと、衝動的に小陽《こはる》の手を掴《つか》み道を外れて林の中へ彼女を引っ張って行った。

狼狽《ろうばい》に囚《とら》われた浄偉《じょうい》には、それがさらなる誤解を呼ぶことになるという、少し考えれば簡単に予想が付く未来が見えていなかった。

浄偉《じょうい》が立ち止まり、小陽《こはる》の手を離した。そんなに長い時間ではなかったが――むしろ短い時間だったが、元の道から二人の姿が見えない程度には奥まで進んでいた。

「ジョーイ、いきなりどうしたんですか」

だというのに小陽《こはる》の方にも警戒感は見られない。彼女は否定するが、これはやはり「幼馴《おさなな》染《じ》み」と呼ぶべき距離感だ。

「だから誤解だ」

小陽《こはる》が小首を傾《かし》げる。「何がですか」という表情だ。

「だから！　俺は十文字《じゅうもんじ》さんに告白なんかしていない！」

「……結局、告白もできずに退散したんですが？」

そのセリフは完全無欠な呆《あき》れ声。彼女の顔には透明の文字で「ヘタレ」と大書《たいしょ》されていた。

「それが誤解だって言ってんだろうがよぉ！　告白しに行ったんじゃない！」

浄偉《じょうい》は今にも地団駄を踏み始めそうになっていた。

それでも小陽《こはる》の態度は変わらない。

「えっ、でもジョーイって、アリサさんのことが好きなんでしょう？」

「なっ……」

質問の形を借りた決め付けに、浄偉《じょうい》が絶句する。

「……ノーコメント」

たっぷり十秒以上を掛けて、浄偉《じょうい》は何とか再起動を果たした。だが彼が絞り出した答えは、小陽《こはる》の言葉を肯定しているも同然のものだった。

それにすぐ、気付いたのだろう。

「さっきのは三高の十文字《じゅうもんじ》竜樹《たつき》について教えてもらってたんだ」

浄偉《じょうい》は早口でそう続けた。

「ああ……。来年の九校戦対策ですか」

小陽《こはる》は一応、理解したようなセリフと共に頷《うなず》いた。だが、本気で納得しているようには見えなかった。

◇　◇　◇

二日目の午後、山岳部のトレーニングメニューはトレイルランニング、マジック・アーツ部は水中鍛錬となっていた。

トレイルランニング──短縮してトレラン、あるいはトレイルランと呼ばれる──は山、森林、平原、砂漠などで行われる中長距離走だ。競技のトレイルランは専用の小型リュックサックを背負ってオフロードを走るものだが、一高山岳部は昨日と同じくフレームザックに水や救急キット、携帯食などの荷物を詰めて走る。その重量は日帰り登山に使う程度だが、体力に余裕がある者はそこに砂袋が追加される。

マジック・アーツ部の水中鍛錬は、アクアエクササイズのマーシャルアーツ版だ。腰まで、あるいは胸まで水に浸《つ》かった状態で型稽古《かたげいこ》を行う。ウェアは水着に足の怪我《けが》を防ぐ為《ため》のウォーターシューズだ。このメニューは女子部員に好評だった。

男子部員に不評だった理由は、場所が男子と女子で分かれるからである。女子は午前中の登《とう》攀《はん》訓練で使った滝壺《たきつぼ》の少し下流。男子はそこからやや離れた、流れの速い箇所（早瀬）。男子が使う早瀬の水深は股下くらいまでしかない。それがかえって転倒時のリスクを上げている。男子は水着だけでなく膝当て、肘当て、軍手を着用することになっていた。

それでは、アリサたちはというと。

流れが緩やかな滝壺《たきつぼ》のすぐ側で、日和《ひより》念願の水遊びの時間だった。

午前に引き続き滝壺《たきつぼ》にやって来たアリサたちは全員が色違いのラップワンピ（巻きワンピース）を着ていた。滝の水飛沫《みずしぶき》が届かない岩場でそれを脱ぐ。四人はラップワンピの下に水着を着けていた。

三者三様ならぬ四者四様。いずれも瑞々《みずみず》しい魅力に溢《あふ》れていたが、その中でも特に際立《きわだ》っていたのはやはりアリサだ。

ミドルカットのワンピース。シンプルな競泳タイプの水着だが、それを彼女が着るとスリムでありながら女性的なプロポーションを強調するデザインになっている。柄も黒に近い青と淡い青の組み合わせに赤いラインでアクセントを入れた無地のシンプルなものだが、アリサが着ると全く地味な感じはせず、むしろ洗練された都会的な印象が強かった。

「えっと……泳がないの？」

アリサの恥ずかしそうな声に、日和《ひより》と小陽《こはる》がハッと我に返る。

「そ、そうね」「そ、そうですね」

同じように狼狽《うろた》えながら、日和《ひより》と小陽《こはる》は川に飛び込んだ。

その直後、水の冷たさに悲鳴を上げる。

明《めい》が肩を竦《すく》めて首を左右に振りながら「何をやっているんだか……」と呆《あき》れ声で呟《つぶや》く。

「――いきなり水に入ると危ないわよ！」

そして今更な警告を発した。

滝壺《たきつぼ》はかなり深く、四人が遊んでいるそのすぐ下流も、中央の水深が最も背が低い小陽《こはる》の首くらいまである。彼女たちは泳いだり潜ったり、あるいは岸で足をばたつかせたりと、めいめいに水と戯《たわむ》れていた。

アリサはしばらくゆっくり泳いだ後、仰向けに浮いて全身の力を抜き水面を漂っていた。滝《たき》壺《つぼ》近くは小さな池のようになっているが、水が止まっているわけではない。アリサは逆らわずにゆっくりと川下に流されていた。

流れが少し速くなったところで、彼女は手で水を掻《か》いてウォーターシューズを履いた足を川底についた。水深はまだ、胸の辺りまである。流れの圧力は思っていたより強かった。元の場所へ川の中を歩いて戻るのはきつそうだと考えたアリサは、岸へ足を向けた。

しかし一歩を踏み出したところで、何かに足を取られてしまう。

悲鳴を上げて水没するアリサ。

だが彼女はすぐに体勢を立て直し、川面《かわも》に顔を出した。

彼女の隣で水面が盛り上がり、黒髪の少女が頭を出す。

アリサはその顔目掛けて、力いっぱい水を掛けた。

「ぅわっぷ！　アーシャ、酷《ひど》いよ」

顔を背けて茉莉花《まりか》が抗議する。

アリサは茉莉花《まりか》に、さらに水を浴びせた。

「酷《ひど》いのはミーナだよ！　びっくりしたんだからね！」

「わっぷ！　待《むぁ》った！　こ、降参！」

水が気管に入ったのだろう。アリサに背を向けて咳《せ》き込む茉莉花《まりか》。

アリサはようやく水掛けを止めた。

「……ごめんごめん。そんなに怒るとは思わなかった」

咳《せき》が止まった茉莉花《まりか》がアリサに謝罪する。

「怒るよ。悪ふざけにしては悪質。ああいうのは危ないんだからね」

「ホントーにごめん！」

アリサが本気で怒っていると分かり、茉莉花《まりか》は水面ギリギリまで顔を近付けて平謝りした。

「でも、びっくりしたと言うわりには少ししか慌てていなかったね」

顔を上げた茉莉花《まりか》が意外感を込めて問い掛ける。

「そんなことないよ。一瞬だけどパニックに陥りかけたんだから」

岸に向かって歩きながらアリサは機嫌が直っていない声で答えた。

だがそこは長い付き合い。アリサがもう本気で怒っていないと茉莉花《まりか》は理解している。

「一瞬だけなんだ？」

茉莉花《まりか》は遠慮無くアリサに疑問をぶつけた。

「すぐにミーナの仕業《しわざ》だって分かったからね」

「えっ、そうなの？　……もしかして『あんな悪戯《いたずら》をするのはあたしだけ』とか思ってる？」

「うん」

恐る恐る訊《たず》ねた茉莉花《まりか》の質問に笑顔で頷《うなず》くアリサ。

茉莉花《まりか》は一目で分かるくらい凹《へこ》んだ。

「アハハ、ウソウソ。手の感じで分かったよ」

「……ホント？」

「うん。摑《つか》まれた足首から『あっ、これ、ミーナだな』って信号みたいなものが伝わってきた」

「そうなんだ……」

茉莉花《まりか》がホッと胸を撫《な》で下《お》ろす。彼女は「信号みたいなもの」の正体を気にしなかった。

「ところでマジック・アーツ部のトレーニングは良いの？　抜けてきたりして怒られない？」

岸に転がっている大きな岩に腰掛けてアリサが訊《たず》ねる。

「勝手に抜け出したりしないよぉ。今は休憩中」

茉莉花《まりか》の声にも表情にも罪悪感は皆無だ。嘘《うそ》を吐いている風には見えない。

「休憩？　そんなに長時間？」

マジック・アーツ部の女子が練習しているのは、ここからおよそ百メートル下流だ。

水泳長距離の世界記録が百メートル当たり約一分。条件が良いプールの記録で一分だ。流れに逆らって川を遡るのであればその倍では利《き》かないだろう。しかも茉莉花《まりか》はアリサに気付かれないよう近付いてきた。百メートルを五分以上掛かっても不思議ではない。

「休憩時間は十五分だよ。まだ十分以上あるはず」

「ミーナってそんなに速く泳げたっけ……？」

「ううん。すぐそこまで川辺を歩いてきたんだけど、アーシャったら全然気付かないんだもん。ちょっと悪戯《いたずら》したくなったっておかしくないよね」

「いや、おかしいから」

アリサが所謂《いわゆる》「ジト目」で茉莉花《まりか》を睨《にら》む。

しかしすぐに別のことが気になった。ここは人が足を踏み入れない秘境ではない。特に今は夏休みシーズンだ。小陽《こはる》が調べた限りでは、現在この辺りで合宿しているのは一高山岳部とマジック・アーツ部だけだが、全くの他人が通り掛かっても不思議は無い。

誰に見られるか分からない中を、茉莉花《まりか》は水着姿で何十メートルも歩いてきたということだ。危機感は覚えなかったのだろうか？

「んっ？　どうしたの？」

座っている自分が立っている茉莉花《まりか》をまじまじと見詰めているのに気付いて、アリサは目を逸《そ》らしながら「何でもないよ」と答えた。

「変なアーシャ」

そう言いながら茉莉花《まりか》がアリサの隣に腰を下ろす。

アリサの腕に茉莉花《まりか》の水着に包まれていない脇腹が触れた。

茉莉花《まりか》の水着はセパレートだが、それほど露出は多くない。色も白ではなく、スポーティーな暗褐色《トープ》だ。ぱっと見の印象は女子陸上競技のユニフォームに似ている。アリサが着ているワンピースの水着より、道を歩いていて違和感は少ないかもしれない。

不意にアリサの口から失笑が漏れる。「自分は一体何を考えているんだ」と、おかしくなったのだ。

「何でもないよ」

隣から訝《いぶか》しげな目を向ける茉莉花《まりか》に、アリサはもう一度同じ答えを返した。

川辺の岩に仲良くくっついて座る二人の美少女。アリサと茉莉花《まりか》の仲の良さは親友の域を超えているようにも見える。

「小陽《こはる》、何を見てるの？」

「ひゃ！」

川の中程に立ってアリサと茉莉花《まりか》をぼんやり見つめていた小陽《こはる》は、急に背後から声を掛けられて裏返った声を上げた。

「明《めい》さん……脅かさないでくださいよ」

振り向き、涙目で抗議する小陽《こはる》。

しかし明《めい》はその抗議に取り合わず、小陽《こはる》の視線をたどって「ああ、茉莉花《まりか》とアリサね」と一人で納得した。

「あの二人って、本当に仲が良いわねぇ……」

そして呆《あき》れと感心が入り交じった声を漏らす。

「距離感が近いですよね」

我が意を得たりとばかり小陽《こはる》がすかさず相槌《あいづち》を打った。

「女の子同士ならあの距離感もありだと思うけど……」

だが明《めい》の意見は少し違うようだ。

「雰囲気がね。友達と言うより、恋人同士みたいなのよね」

それでも、着地点は小陽《こはる》と同じだった。

「やっぱりそういう関係なのでしょうか……？」

「分からないけど。仮にそうだとしても別に良いと思うわ。小陽《こはる》はそういうの、嫌なの？」

明《めい》はぼかした言い方で、同性愛には否定的なのかと訊《たず》ねた。

「嫌じゃありません！　むしろ大好物です！」

「……大、好物？」

「あっ、いえ、間違えました。大歓迎です」

「本当に間違えたの……？」

自分に向けられた疑惑の眼差《まなざ》しから、小陽《こはる》は微妙に目を逸《そ》らす。

「……まあ、良いわ」

ただ明《めい》は、それ以上この件では小陽《こはる》を追及しなかった。

「それより何故《なぜ》、今更そんなことを考えたの？」

彼女は、こちらの方が気になっていた。

「えっ、いえ、何となく」

「嘘《うそ》ね」

小陽《こはる》は言葉を濁したが、明《めい》は納得しなかった。

「小陽《こはる》。さっき火狩《かがり》君と話してたでしょ。それと関係あるんじゃない？」

小陽《こはる》が「えっ」という顔を見せる。驚きよりも意外感が勝っている表情だ。

だが自分が他人のことを見ているなら、自分も他人から見られているもの。「自分だけは見られていない」「自分は目立たない」という思考もまた、自分を特別扱いするものだ。卑下と倨傲《きょごう》は表裏一体なのである。

「火狩《かがり》君と何を話していたの？　あの二人に関係があること？」

明《めい》に質問を畳み掛けられて、小陽《こはる》は思考停止状態から抜け出した。

「え、ええ。その、ジョーイがアリサさんに告白したんじゃないかと……」

だが思考力は、完全には回復していなかった。その所為《せい》で、普通なら誤魔化していた回答を正直に返してしまう。

「それでアリサのことを見ていたのね」

「小陽《こはる》はやっぱり火狩《かがり》君のことが気になるんだね」

明《めい》のセリフに続けて突如割り込んできた声に、小陽《こはる》が「ひっ」と悲鳴を上げて川の中で跳び上がった。

一人で泳いでいた日和《ひより》が、何時《いつ》の間《ま》にか小陽《こはる》のすぐ後ろに立っていた。

「び、びっくりした。……日和《ひより》さん、背後から忍び寄るのは止めてください」

ついさっき、似たようなシチュエーションで明《めい》に驚かされた小陽《こはる》は涙目になっている。

「忍び寄るなんて人聞きが悪い。あたしは、普通に泳いできたけど」

しかし日和《ひより》は、小陽《こはる》の抗議が不服なようだ。

「小陽《こはる》がアリサに気を取られていただけじゃないの？　火狩《かがり》君を取られちゃうんじゃないかって心配になった？」

「そ、そんなことありませんよ！」

小陽《こはる》が慌てて日和《ひより》の決め付けを否定した。彼女の声は、裏返っていた。

「今更照れなくても」

「今更って何ですか⁉　ジョーイは昔からの知り合いというだけです！」

「幼馴染《おさななじ》みに恋が芽生えるなんて、良くある話だよ」

訳知り顔で日和《ひより》がウンウンと頷《うなず》く。彼女は小陽《こはる》の言葉も、「そんなのフィクションの中でしか見ないけど……」という明《めい》のツッコミも聞いていなかった。

「私とジョーイは付き合いが長いだけで、幼馴染《おさななじ》みじゃありません！　幼馴染《おさななじ》みって、もっとこう、甘酸《あまず》っぱいものなんです！」

「これから甘酸《あまず》っぱくなれば良いんじゃないの？」

「だから違うんですってば！」

あくまでも「幼馴染《おさななじ》みに対する感情が恋に発展した」説に拘《こだわ》る日和《ひより》と、それを必死に否定する小陽《こはる》。二人を呆《あき》れながら傍観する明《めい》。「浄偉《じょうい》がアリサに告白した」疑惑も「アリサと茉莉《まり》花《か》が親友より深い仲になっている」疑惑も、有耶無耶《うやむや》の内に忘れ去られていた。

◇◇◇

その日の夕食は山岳部も一緒だった。午前中の登攀《とうはん》訓練の際、山岳部の女子三年生が「自炊するのが大変」とぼやいていたのを聞いて、小陽《こはる》が研修所に掛け合ったのだ。

その結果、ランチからすぐにというわけにはいかなかったが、夕食から山岳部の分も用意してもらえることになったのである。

夕食後、マジック・アーツ部は研修所の体育館で組手の練習。そこに山岳部OBの、レオの姿があった。

「よろしくお願いします！」

意気込みを全身から溢《あふ》れさせて、茉莉花《まりか》がレオに一礼する。

「おう。上手《うま》く教えられる自信はねぇけど、よろしくな」

その勢いに押されながら、レオは無造作に頷《うなず》いた。

何故《なぜ》こんなことになっているのかというと。

発端は、夕食の席にあった。

どうやら山岳部には料理スキルの持ち主が欠けているらしく、レオは昨晩の食事がかなり不満だったようだ。彼は大食漢だが、実は舌が肥えている。何でも食べるが、できれば美味《うま》い物が食べたいというタイプだ。

この研修所の食事は、そんな彼の胃と舌を満足させるものだったようだ。「こりゃ、何かお返しをしないとな」「何かして欲しいことはないか」「何でも良いぜ」とレオは上機嫌で訊《たず》ねた。

その相手はマジック・アーツ部の部長である千種《ちぐさ》と千香《ちか》だったのだが、アリサの隣ではなく千《ち》香《か》の横に座っていた茉莉花《まりか》が「山岳部の硬化魔法を教えて欲しい」と手を挙げたのである。

「ところで、遠上《とおかみ》……だっけか。一つ訊《き》いても良いか？」

「はい、何でしょうか！」

レオの問い掛けに、茉莉花《まりか》は体育会系女子らしくハキハキと答えた。

「何故《なぜ》オレから硬化魔法を教わろうと思った？　オレは一高を卒業していながら、魔法を使わないレスキュー大に進んだ変わり者だぜ？」

「山岳部の硬化魔法は、元々先輩のものだとうかがっています」

「まあ、そうだな。硬化魔法はオレのオリジナルってわけじゃねぇが、事故った時に備えて後輩に覚えさせたのは確かにオレだ」

頷《うなず》くレオ。

彼を見る茉莉花《まりか》の視線が熱を帯びた。

「午前の登攀《とうはん》訓練を見て分かりました。火狩《かがり》君が十文字《じゅうもんじ》竜樹《たつき》の魔法に耐えられたのは、あの硬化魔法を使ったからですよね！」

ただしその「熱」は、異性に向ける、「熱っぽい視線」の「熱」とは性質が異なるものだった。

「十文字《じゅうもんじ》？　十師族《じゅっしぞく》の十文字《じゅうもんじ》か？」

「そうです。十文字竜樹《じゅうもんじたつき》は十文字家《じゅうもんじけ》の直系で三高の一年です」

茉莉花《まりか》が竜樹《たつき》を呼び捨てにしているのは彼のアリサに対する態度が、耳にするだけでも腹立たしいものだからだ。

「十文字家《じゅうもんじけ》の直系が一高じゃなくて三高に通っているのか……」

レオは「何か事情がありそうだな」という呟《つぶや》きを他人に聞こえるか聞こえないかの小声で付け加えた。

しかしレオは、その事情を訊《たず》ねなかった。

「――それで、硬化魔法はマジック・アーツにも使えそうだ、と考えたってわけか」

「はい。さっき間近で見て確信しました」

レオが興味本位の質問をしなかったことに、茉莉花《まりか》は戸惑わなかった。彼女の意識は新たな武器、新たな「鎧《よろい》」を手に入れることに向いていた。

「よし。そんじゃ、始めるか。まずはそうだな、思いっ切り殴り掛かってきな。蹴りでも良いぜ。オレがそれを、硬化魔法で受け止めてやるよ」

理屈よりも体験が先、ということだろう。

レオが胸を貸すつもりでいるのは、彼の態度から明らかだ。自分の防御が破られるとは微塵《みじん》も考えていない。

自分の方が勝っているという絶対の自信。

それが、茉莉花《まりか》の闘志に火を付ける。——否《いや》、既に着火していた闘志をますます燃え上がらせた。

「分かりました。行きます！」

茉莉花《まりか》は無意識に［リアクティブ・アーマー］を発動し、魔法の装甲を纏《まと》った拳でレオに殴り掛かった。

「あっ⁉」

茉莉花《まりか》が意図せずに個体装甲魔法を発動したのを見て、見物していたアリサは思わず声を上げた。

［リアクティブ・アーマー］の威力を知っているアリサは茉莉花《まりか》を制止しようとした。だが彼女が「ダメッ！」と叫ぶ前に、茉莉花《まりか》の拳はレオの身体《からだ》に——彼が着ているTシャツに届いた。

レオのTシャツは、拳の形に凹《へこ》むどころか皺《しわ》もできていなかった。

拳とTシャツに挟まれた空気が破裂音を鳴らす。

想子《サイオン》の場が揺れる。

空気を揺らす物理的な音はそれほど大きくなかったが、肉体の耳には捉えられない想子《サイオン》の

「音」は、巨岩同士の衝突と錯覚させる「轟音《ごうおん》」だった。

「うそ……」

アリサが呆然《ぼうぜん》と呟《つぶや》く。

幾ら相手が卒業生とはいえ、茉莉花《まりか》の「リアクティブ・アーマー」がここまで完璧に受け止められるとは、予想外を通り越して信じ難《がた》かった。

茉莉花《まりか》の――『遠上《とおかみ》』家《け》の「リアクティブ・アーマー」は旧第十研が『十神《とおがみ》』に与えた魔法だ。その強度は、同じく旧第十研で開発された十文字家《じゅうもんじけ》の「ファランクス」に決して劣るものではない。

十文字家《じゅうもんじけ》の障壁魔法は魔法関係者の間で、日本魔法界最硬と言われている。その魔法障壁にあのOBの硬化魔法は匹敵するのか……、という驚き。

「まさか」

隣で明《めい》が驚嘆の声を上げる。

驚いているのは自分だけじゃないんだ……と、アリサは思った。

「あのペンダントはローゼンの思考操作型CAD？　あれを使っている人が日本にいるなんて」

だが明《めい》の驚きは、アリサとは対象を別にしていた。「驚くところ、そこ？」とアリサは思ったが、明《めい》が魔工師志望であることを考えれば不思議ではない。

完全思考操作型CADを最初に商品化したのはドイツのローゼン・マギクラフトだが、現在の世界シェアは汎用性とコスパに優れた日本のFLTが七割を占めている。ローゼンの製品にも部分的に見れば勝っている点はある。だが使用されているのは主に西ヨーロッパ地域で、日本で見掛けることはほとんど無い。

明《めい》は司波《しば》達也《たつや》の熱狂的なファン——と言うより信者で、CADも当然、彼が開発したFLT製の思考操作型を愛用しているが、ピーキーで技術者としては色々と面白いローゼン製に興味が無いわけではなかった。

「そう言えば西城《さいじょう》先輩の名前ってドイツ系だったわね。もしかして、ローゼンと関係があるのかしら……」

明《めい》の独り言がアリサの耳に届く。

それが事実と知らないアリサは「飛躍しすぎじゃないかな？」と考えた。

「驚いたな」

そのセリフは独り言では無かった。言葉どおりの表情を浮かべている千香《ちか》の目は茉莉花《まりか》とレオの二人へ向けられているが、隣に立つ千種《ちぐさ》に話し掛けるものだったことは口調で分かった。

「茉莉花《まりか》の魔法に小揺るぎもしないとは……」

千香《ちか》はアリサと同じ驚きを共有していた。

「俺も驚いたよ。硬化魔法の強度もそうだけど、西城《さいじょう》先輩、凄《すご》い足腰だな」

「んっ？　どういう意味だ？」

千香《ちか》が目を千種《ちぐさ》に向ける。

「西城《さいじょう》先輩は自分の服に硬化魔法を掛けたのだと思う」

「そうだろうな。だが、それが何で足腰の強さにつながるんだ？」

「シールド魔法と違って硬化魔法は対象物の変形を阻止するだけだ。空間座標を固定する効果は無い」

シールド魔法は領域魔法の一つ。特定の空間に対して魔法で干渉し、対物不透過や電磁波遮断などの特殊な効果を持たせるものだ。

その性質上、シールド魔法は原則として特定の空間座標に固定される。シールドを動かす、シールドに覆われた状態で移動するのは、実は高度な応用技術なのである。

「そうか。シールド魔法は原則として固定されているから、打撃を受けても吹っ飛ばされることはない。対物シールドが維持されている限り、運動エネルギーは中に伝わらない。でも硬化魔法は服を固めるだけだから、衝撃は防げても運動量は伝達される」

「そのとおり。でも西城《さいじょう》先輩は後退《あとずさ》るどころか、ちょっと仰《の》け反《ぞ》ることもなかった。凄《すご》い足腰と体幹の強さだよ」

千種《ちぐさ》の称賛に、千香《ちか》も大きく頷《うなず》いた。

◇　◇　◇

　ギャラリーはレオの思い掛けない実力に衝撃を受けていたが、実際に相対している茉莉花《まりか》に動揺は無かった。意外感も皆無だった。彼女にあるのは強者に出会った高揚感。昨日のロードワークで、走っている後ろ姿を見ただけで茉莉花《まりか》は直感していた。

「この人は強い」と。

　硬化魔法の手解《てほど》きを請《こ》うたのも、彼の強さを直接確かめてみたい、あわよくば戦ってみたいというのが真の目的だった。

「……っていうのが硬化魔法の原理だ。と言っても、説明されただけじゃ分からないだろ。オレも上手《うま》く説明できたって自信はねぇし」

「いえ、ご説明は理解できました。ただ、聞いただけでは使えるようにならないというのは仰《おつしや》るとおりです」

　砕けた口調で説明を終えたレオに、茉莉花《まりか》は武道系女子の丁寧な言葉遣いで応えを返した。

「そうだよな。そこで遠上《とおかみ》には、硬化魔法を実際に体験してもらう」

　レオはそう言って、アシスタント役に呼んだ山岳部の部長に合図した。

　部員から「筋肉ダルマ」の愛称で親しまれている（？）山岳部部長・田守《たもり》冬季輔《ときすけ》が登山用の

前開きベストを茉莉花《まりか》に渡して着るように指示する。

「このベストは魔法道具なのでしょうか？」

ベストを着てボタンをかけ終えた茉莉花《まりか》が「気を付け」の姿勢でレオに訊《たず》ねた。

「いや、普通のベストだ。けど、安心しな。山岳部《うち》の後輩はこのやり方で硬化魔法を身に付けているし、この練習方法を考えてくれたのは達也《たつや》だからな」

「それって司波《しば》達也《たつや》先輩のことですか⁉」

大声で質問したのは茉莉花《まりか》ではない。

明《めい》だ。

彼女は見学の列から一歩踏み出し、レオに向かって今にも詰め寄りそうな勢いだった。

「お、おう。その達也《たつや》だ」

二メートル以上離れているにも拘《かか》わらず、レオは明《めい》の勢いに圧倒され、少し引いていた。

「……すみません、邪魔してしまって」

隣のアリサに小声でたしなめられて、明《めい》は謝罪しつつ列の中に戻った。

「いや、気にしなくて良いぜ。……遠上《とおかみ》、ちょっと肩に触らせてもらう。動かないでくれよ」

茉莉花《まりか》は要領を得ない顔をしながらも「はい」と切れの良い応えを返す。

レオは正面から茉莉花《まりか》に近付き、彼女の左肩に軽く右手を置いた。

次の瞬間、ベストを想子光《サイオン》が覆う。

魔法が発動し、余剰想子《サイオン》がベストの表面から漏出したのだ。

茉莉花《まりか》が反射的に身を固くした。

「驚かして悪《わり》い。魔法が下手くそなもんでよ」

「――いえ、そんなことは」

茉莉花《まりか》の応えは、お世辞ではなかった。

今発動したレオの魔法は、確かに荒っぽかった。想子《サイオン》の運用に、緻密さを欠いていた。

しかし発動の速さ、力強さには、目を見張るものがあった。

「だが魔法は上手《うま》く掛かったな」

レオ自身も、過程はともかく結果には満足しているようだ。

「よし、遠上《とおかみ》。動いてみな」

「……何をすれば良いんでしょうか」

「まずは前屈と後屈だ」

言われたとおり、茉莉花《まりか》は身体《からだ》を前に倒す――倒そうとした。

だが、上手《うま》く行かない。ぎこちない、ロボットのような動作になっている。

どれほど柔軟性に富む人間でも、上半身を前に倒す際にはわずかに背中が丸まる。だがその自然な動作が魔法で固まったベストに阻《はば》まれていた。

茉莉花《まりか》は理解の表情を浮かべながら、今度は後ろに反ろうとした。

しかしその動作も同様に妨害を受ける。

茉莉花《まりか》は後屈を中断し、右手で拳を作って着ているベストをノックの要領で叩《たた》いた。

「コンコン」というノック音こそしなかったが、手応えは分厚い木の扉と同じだった。

「まさしく鎧《よろい》ですね……」

茉莉花《まりか》が独り言のように感想を漏らす。

「遠上《とおかみ》。手触りじゃなくて魔法を感じるんだ。硬化魔法が掛かっている服を自分が着ている感覚をな」

「分かりました」

茉莉花《まりか》は目を閉じて、上半身を軽く曲げたり捻《ひね》ったりした。そして抵抗を受ける度、眉を顰《ひそ》めて耳を澄ますような顔付きになる。

「どうだ。感じ取れたか？」

「……すみません。攻撃してみていただけませんか」

微《かす》かに首を傾《かし》げた後、茉莉花《まりか》はそう求めた。防御に使う技術だから、実際に攻撃を受けてみれば効果が分かりやすいのではないかと考えたのだ。

レオは「ほぅ」という表情を浮かべた。「思い切りが良いな」と感心したのだ。

「それはオレじゃない方が良いな」

そう言ってレオがギャラリーの顔を見回す。

「私がやります」

その視線に応えて千香《ちか》が進み出た。

レオは「そうか、頼んだ」と頷《うなず》きながら千香《ちか》に場所を譲る。

「茉莉花《まりか》、面白いな」

茉莉花《まりか》と向かい合った千香《ちか》が、ニヤリと笑った。

「はい、部長」

茉莉花《まりか》は無邪気な笑みを返す。千香《ちか》のそれより子供っぽい笑顔だが、新しい技術にワクワクしている点は共通していた。

「行くぜ、茉莉花《まりか》」

千香《ちか》が茉莉花《まりか》の瞳を正面からのぞき込んで合図を送る。

「お願いします！」

茉莉花《まりか》が千香《ちか》の顔をしっかりと見詰めて応えを返す。

千香《ちか》が鋭く踏み込み、茉莉花《まりか》のボディへ中段突きを放った――。

【4】合宿三日目

合宿三日目、十九日の午前中は一日目と同じく、山岳部とマジック・アーツ部合同のトレイルランニングだった。どうやら一高山岳部の合宿は走って、登って、走っての繰り返しであるようだ。

ただこの日のトレイルランには、アリサも明《めい》も参加しなかった。彼女たちは四人で山岳部よりも難度が低いコースで短時間のハイキングに出掛けた。

昼になり、山岳部＋マジック・アーツ部がトレイルランから戻ってきた。何故《なぜ》か、出発時点より人数が増えていた。

見覚えが無い女性が五人。服装はデザインがバラバラのトレーニングウェアに小さなリュックサック。靴は登山用ではなくランニング用だ。ウェアのデザインを除けば山岳部の女子部員と良く似た格好だった。

年齢は少し上。二十歳から二十五歳くらいか。その中で一際《ひときわ》人目を引く、雰囲気も体形もスマートな美女が山岳部OGと親しげに話をしている。彼女も一高の卒業生だろうか。一足早く研修所に戻っていたアリサはそう思った。

その美女はOGに手を振って——声は聞こえなかったが、別れを告げているのだろう——、軽やかな足取りで研修所の前を通り過ぎた。他の四人もその後に続く。ただし、四人の足取りは重い。彼女たちも鍛え込まれた体付きをしている。運動不足ということはあるまい。それだけハードなランニングだったのか。だとすれば先頭の美女のスレンダーな身体《からだ》には、外見を裏切る身体能力が秘められていることになる。

あの道の先には、ファミリー向けの貸しロッジがある。おそらくそこに五人で泊まるのだと思われる。レジャーではなく、少人数の合宿といったところか。

アリサはそこで、見知らぬ五人に関する推測を打ち切った。

「ミーナ、お疲れ様」

そう言いながら、目の前で立ち止まった茉莉花《まりか》に、冷やしておいたタオルを差し出す。

「ありがと」

律儀《りちぎ》にお礼を言ってタオルを受け取る茉莉花《まりか》。彼女の表情は笑顔だが、息は切れ切れだった。

「大丈夫？　随分きつそうだけど……」

「きついけど、大丈夫。この時期に無理をして故障なんてしたら、元も子もないからね」

全日本マーシャル・マジック・アーツ大会の地区予選は、この合宿の直後。具体的には、今日から四日後だ。

「分かっているなら良いよ」

茉莉花《まりか》の応えを聞いて、アリサが表情を緩める。

「ところで、一緒にいた人たちは誰なの？」

　アリサの興味は素性が分からないさっきの五人に移った。

「一緒に？　ああ、千葉《ちば》道場の人だね」

「千葉《ちば》道場の人たちだったの？」

『千葉《ちば》道場』と『千葉家《ちばけ》』の名声はアリサも知っていた。

『剣の魔法師』千葉家《ちばけ》。

　刀剣を使った近接戦闘魔法『剣術』の大家として知られ、警察や国防軍に多数の弟子を持っている。特に魔法師警察官にとって千葉家《ちばけ》の剣術は、非魔法師警官にとっての柔道に匹敵する必須技能とさえ言われており、警察内部における千葉家《ちばけ》の影響力は十師族《じゅっしぞく》をも凌《しの》ぐと噂《うわさ》されている程だ。

　十文字家《じゅうもんじけ》当主の妹として暮らしているアリサが、知らない方が不自然だった。

「千葉家《ちばけ》当主のお嬢さんが少人数の強化合宿に来ているらしいよ」

「そうなんだ」

「何でもその人は一高時代に西城《さいじょう》先輩と三年間同じクラスだったんだって。結構、仲が良さそうだった」

「ふーん、そうなんだ」

　最初の「そうなんだ」と後の「そうなんだ」ではアリサの口調が違った。

茉莉花《まりか》の方も楽しそうな笑みを浮かべている。

彼女たちもやはり、そういう話題が好きな女子高校生だった。

◇　◇　◇

昼食は昨晩に引き続きトウホウ技産研修所の食堂で一緒に摂《と》った。その席で山岳部が今晩、バーベキューを予定していると聞く。山岳部の田守《たもり》部長に誘われた千種《ちぐさ》・千香《ちか》の両部長は二つ返事で「お邪魔させてもらう」と答えた。

午後の予定はマジック・アーツ部が研修所の体育館を使った組手、山岳部は乗り物を使わずにバーベキューの食材と木炭の買い出しへ出掛けることになっていた。

だが昼食後の体育館には何故《なぜ》か、レオの姿があった。

体育館の、アリサたちとは反対側の壁際《かべぎわ》でマジック・アーツ部員の組手を見学するレオ。真面目な顔だが、アリサの目にはそれほど熱心には見えなかった。

組手が始まってから約五分。

体育館にトレーニングウェア姿の女性が一人、入ってきた。最初は部員が外出していたのかと思ったが、彼女がレオの隣に立ったところでアリサは気付いた。

(千葉家《ちばけ》の人だっていう、あの女性《ひと》だ……)

体形も雰囲気もスマートな美女。まだ遠目だが、さっきよりも近い距離で見る彼女は目鼻立ちがくっきりした、気の強そうな顔立ちをしていた。前髪を左右に分けて顔を隠さない、首筋だけ少し長めに伸ばしたセミショートの髪型も、きっぱりとした性格を感じさせる。緩みのない立ち姿。真《ま》っ直《す》ぐな姿勢でありながら、余計な力は何処《どこ》にも入っていないように見える。ああいうのを「自然体」と言うのだろうか。

端的に言って、格好良い女性だった。

その美女に話し掛けられたレオが、顔を顰《しか》めた。短く反論したが、即座に言い返される。何を言い争っているのか、反対側の壁際《かべぎわ》にいるアリサには聞こえない。ただレオの唇が「ふざけんなよ」「相変わらず我《わ》が儘《まま》な女だな」と動いたように見えた。

やがてレオは諦念を込めて首を振り、千種《ちぐさ》部長へと足を向けた。美女がその背中に続く。

レオに話し掛けられた千種《ちぐさ》は、軽く目を見張って驚きを表現した。

千種《ちぐさ》が千香《ちか》を呼び寄せ、話し掛ける。

身体《からだ》の向きの関係でアリサに千香《ちか》の表情は見えなかったが、何となく、彼女が笑ったような気がした。愛想笑《あいそわら》いとか苦笑いとかではなく、楽しそうに。

「全員、注目！」

千香《ちか》が手を叩《たた》きながら声を張り上げた。

部員が一斉に組手を中断し、千香《ちか》へと身体《からだ》を向ける。

「三年生は知っていると思うが、こちらは千葉《ちば》エリカ先輩だ。一昨年当校を卒業し、魔法大学に在学されている」

千香《ちか》の言葉どおり、三年生に特段の反応は見られない。それとは対照的に、二年生の間ではざわめきが起きていた。

「今日は特別に、千葉《ちば》先輩が稽古《けいこ》を付けてくださることになった」

ざわめきがシンと静まりかえった。

短い沈黙の後、二年生の男子部員が「北畑《きたはた》先輩」と遠慮がちに手を挙げる。

「……千葉《ちば》先輩が剣術を教えてくださるということですか」

「得物ありでも得物無しでもどちらでも良いよ」

フレンドリーな口調で答えたのはエリカだった。

無言のどよめきが部員の間に広がる。口にこそ出さないが、反発を見せた者もいた。

「じゃあ後輩諸君、早速始めようか。順番に掛かっておいで」

そう言いながら、エリカは体育館の中央に進み出る。

彼女に押されるような格好で男子部員も女子部員も壁際《かべぎわ》に下がっていったが、エリカが足を止めると同時に一人の男子生徒が進み出た。

さきほど質問をした二年生だ。その時は落ち着いていたが、闘志を漲《みなぎ》らせたその表情から察するに強い反感を懐《いだ》いたのだろう。剣術家のエリカが、素手でも構わないと嘯《うそぶ》いたことに。

「千葉《ちば》先輩、一手ご教授願います！」

「どっちにする？」

エリカは叩《たた》き付《つ》けられてくる敵意を微風《そよかぜ》程度にしか感じていない表情で訊《たず》ねた。

「是非、素手で！」

「良いよ、掛かっておいで」

あくまでも軽い口調で促されて——挑発された、とその男子は受け取った——男子部員がエリカに殴り掛かる。不用意に真《ま》っ直《す》ぐ突っ込むのではなく、身体《からだ》を左右に振りスピードにも緩急を付けていた。

左でジャブを打つ、と見せ掛けて、男子部員は右の前蹴りを放つ。ジャブのフォームに不自然な点は無く、フェイントとしては申し分なかった。

しかし、まるで事前に分かっていたかのように、前蹴りのモーションと同時にエリカが前に出た。

腕を自然に下ろしたまま。

ジャブがそのまま打たれていたら、顔を直撃していたコースへ足を踏み出す。そのまま前蹴りの右側——男子部員にとっては左側を通り抜ける。

半身になったエリカの手刀が、男子部員の額を打った。軽く当てただけに見えたし、実際に打たれた方も痛そうな表情は見せなかった。

ただそれで、片足を上げていた男子部員はバランスを崩して後ろにひっくり返った。

「オー、偉い。ちゃんと受け身が取れてるね」

からかう口調ではなく、エリカは真面目に褒めている。だがそれは、大人が子供を褒める口調だ。

「参りました」

しかし男子部員は素直に負けを認めた。そうせずにはいられない実力差、格の違いがあった。

「お願いします！」

次の挑戦者がエリカの前に立つ。エリカが頷《うなず》くと同時に、その部員は床を蹴った。

千種《ちぐさ》部長を除く男子部員全員が討ち死にしたところで、挑戦者が途切れた。九人を連続で相手にして、エリカは息も切らしていない。まあ、全員が綺麗《きれい》に一撃を入れられた時点で負けを認めているから、一人当たり一分も掛かっていないのだが。

「女子は相手をしてくれないの？」

それまで黄色い声で声援と喝采を送っていた女子部員が一斉に黙り込んだ。ただ全員が尻込みしているわけではなく、他の女子の顔色をうかがって言い出せずにいる者もいた。

茉莉花《まりか》はその一人だった。

「んー、じゃあ、そこの。ボブカットのキミ」

「あたしですか⁉」

そこまで分《わ》かり易《やす》い顔をしていたわけではなかったが、エリカは茉莉花《まりか》を指差していた。

茉莉花《まりか》とエリカは六十センチほどの得物を手に向かい合っていた。竹刀の小太刀だ。

剣術での立ち合いになったのは茉莉花《まりか》の希望だった。

素手のエリカでは相手にならない、と考えたのではない。男子部員をあしらっていたのを見て、エリカは素手でも一流の武芸者だと理解していた。

だがエリカは千葉家《ちばけ》の嫡流。その本領は当然、徒手格闘術ではなく剣術にある。『剣の魔法師』の、本物の技を体験する機会を逃すのは余りにももったいないと茉莉花《まりか》は考えたのだった。

竹刀でも防具無しで強く打たれれば怪我《けが》をする。内出血だけでなく、皮膚が裂けることもある。茉莉花《まりか》は脛《すね》、前腕を守るプロテクターだけでなく、長袖のウェアと膝丈のスパッツを身に着けていた。

一方のエリカはというと。防具を着けていないのはともかく、半袖のTシャツにハーフパンツの軽装だ。素手の男子部員を相手にしていた時と変わらない。

相手を侮《あなど》っているとも取れる姿だが、茉莉花《まりか》にむかついている様子は無い。ただ目の前の立ち合いに集中していた。

「何時《いっ》でも良いよ」

エリカが茉莉花《まりか》に、仕掛けてくるよう促す。

「――行きます！」

茉莉花《まりか》は駆け引きをせず素直に応じた。

茉莉花《まりか》には剣術の心得も剣道の経験も無い。自分が剣を振っても不格好なものにしかならないと分かっていた。だから形に拘《こだわ》らず、竹刀で殴り掛かった。竹刀を「刀」としてではなく「棍棒《こんぼう》」として使ったのである。

当然の如《ごと》く、エリカには当たらなかった。茉莉花《まりか》の竹刀に自分の竹刀を横からちょこんと当てただけに見えたが、それだけで茉莉花《まりか》の身体《からだ》は前に流れ転びそうになる。

つんのめった身体《からだ》を踏ん張って止め、その体勢から茉莉花《まりか》は後ろ蹴りを放った。

相手を見ずに勘で放った蹴りに、手応えは無かった。躱《かわ》されたのだ、と理解する。

次の瞬間、茉莉花《まりか》の身体《からだ》は支えを失った。

フワッと浮き上がるような感覚。反射的に、受け身を取る。

床に落ちた衝撃は、予期したものより小さかった。

「思い込みで動いちゃ駄目だよ」

何をされたのか分からない茉莉花《まりか》に、指導者の口調でエリカが告げる。

「勘で仕掛けるなら、相手の動きをしっかり読んでからにしないと」

「はいっ」

茉莉花《まりか》は素早く立ち上がり、返事をする。中にはこういうシチュエーションで「押忍《オス》ッ」と応える女子部員もいるが、茉莉花《まりか》はまだそこまで毒されてはいない。

「それと、刃物を持つ相手を不用意に蹴っちゃまずいよ。足を切られちゃうから」

「はい、気を付けます！」

そう応えてから、茉莉花《まりか》は自分がどうやって倒されたのか気付いた。

竹刀で足を払われたのだ。あれが真剣だったら——そう考えて、自然と気が引き締まる。

「もう一手お願いします！」

茉莉花《まりか》が再び勢い良く、ただし慎重にエリカへ挑み掛かった。


「フェイントが見え見え。力を抜くのが早すぎる」

「自分より速い相手に真《ま》っ直《す》ぐ下がっちゃまずいでしょ」

「同じ方向に回らない。回避はもっと不規則に」

「予備動作が大きくなってるよ。疲れてきた時こそ、丁寧に」

「相手にリズムを読ませないのは大事だけど、自分のリズムは守らなきゃ」

エリカの指導は、茉莉花《まりか》に竹刀が打ち込まれる度に行われた。

その都度「はいっ」と返事をしていた茉莉花《まりか》の声も、疲労が隠せなくなっている。

「茉莉花《まりか》。そろそろ本来の戦い方を見せてごらん」

個人指導を始めてからそろそろ五分。最初は茉莉花《まりか》のことを「遠上《とおかみ》さん」と呼んでいたエリカだが、この頃には親しげに名前の呼び捨てになっていた。

「竹刀を捨てろ、ということでしょうか？」

「シールド魔法を使いなさいと言ってるの」

「分かるんですか……？」

茉莉花《まりか》の顔に、小さくない驚きの表情が浮かぶ。エリカとの稽古《けいこ》で、茉莉花《まりか》はまだ「リアクティブ・アーマー」を使っていない。

「そりゃ分かるわよ。茉莉花《まりか》の戦い方って、強力な全身防具を着けていること前提の癖があるじゃない」

見学している部員の間にざわめきが起こる。一高在学中のエリカと付き合いがあった千香《ちか》でさえ、驚きを隠せていない。

「――本気で行きます」

その一声と共に、茉莉花《まりか》が竹刀を置いて「リアクティブ・アーマー」を纏《まと》う。

「へぇ……、『ハイブリッド』なんだ」

エリカの声に初めて驚きが交じる。『ハイブリッド』は超能力者《サイキック》の能力を併せ持つ魔法師のことで最近、具体的にはここ一、二年で徐々に広まった新しい概念だ。

魔法とサイ能力を併せ持つという定義を厳密に適用すれば、茉莉花《まりか》はハイブリッドではない。

茉莉花《まりか》はCADを使わずに［リアクティブ・アーマー］を発動できるだけだ。だが障壁魔法をサイ能力のように使いこなせるという表面的な特徴を見れば、エリカがハイブリッドと誤解するのも無理はなかった。

ただ、エリカの驚きはそれほど大きなものではなかった。彼女は一高三年生当時、矢車侍郎《やぐるまさぶろう》という本物のハイブリッドに稽古《けいこ》を付けていたし、大学に入ってからは「気」という古い概念で魔法のような技を使う武芸者を何人も知った。むしろそうした経験が茉莉花《まりか》をハイブリッドと誤解する原因になっていた。

茉莉花《まりか》の上段蹴りをエリカが竹刀でいなす。

先程と違って、茉莉花《まりか》は倒されなかった。

途切れることなく、茉莉花《まりか》はコンビネーションの中段蹴りを放つ。

ブロックしたエリカの竹刀が軋《きし》む。鋼鉄を凌駕《りょうが》する魔法装甲付きの蹴りを受けて竹刀が折れなかったのは、上手《うま》く力を逃がしたエリカの技だ。

ボディーアッパーのような左下段突きを足捌《さば》きだけで躱《かわ》したエリカに、茉莉花《まりか》の右中段突きが迫る。

エリカの竹刀が、その小手を打った。

そのまま茉莉花《まりか》の右側面をすり抜けて振り返ったエリカに、後ろ回し蹴りが襲い掛かる。

エリカが身を屈《かが》めて蹴りを躱《かわ》す。彼女が大きく上下動したのは、これが初めてだった。

エリカが攻勢に出た。竹刀の小太刀で、茉莉花《まりか》の身体《からだ》を立て続けに打つ。

面、胴、小手だけでなく、袈裟《けさ》斬り、胴突き、足の付け根など剣道の打突部位に拘《こだわ》らない連撃が茉莉花《まりか》を襲う。

だが茉莉花《まりか》に怯《ひる》んだ様子は見られない。連続技に曝《さら》されている最中であるにも拘《かか》わらず、彼女は強引な反撃に出た。

「おっと」

思わずという感じで声を上げて、エリカが茉莉花《まりか》の中段突きを回避する。

いや、直線的に後退する形で。

「チャンス」というワードが意識の中で形になるより速く、茉莉花《まりか》は追撃を放った。

大きく踏み込んだ上段突き――をフェイントに使った中段前蹴り。

「捉えた！」と茉莉花《まりか》は思った。

しかし。

茉莉花《まりか》の蹴りは、エリカの残像を突き抜けた。

「今のパンチは良かった」

背後から聞こえてきた声に、茉莉花《まりか》が慌てて振り返る。

後ろに回り込むエリカの動きが、茉莉花《まりか》には見えていなかった。

「でもその後のキックはいただけないな」

「……何処《どこ》がまずかったんでしょうか」

エリカは片手で竹刀を軽く前に突き出している以外は脱力した体勢だ。質問してこい、という意図だろう。茉莉花《まりか》はそう解釈した。

「キックの瞬間は片足立ちになるでしょ。躱《かわ》されちゃっても、すぐに移動できないよね」

「それは、そうですが……」

首肯してはみたものの、茉莉花《まりか》にとってすぐには納得できない指摘だった。それを欠点と言うなら、蹴り技全般が使えなくなってしまう。

「なるべく両足を床から離さないように、常に摺《す》り足《あし》で動け——なんて、言うつもりはないよ。戦場《いくさば》は平らな床ばかりじゃないからね。それにキックを全部否定するつもりもない」

この時点で、エリカが何を言いたいのか、茉莉花《まりか》には分からなくなっていた。

訝《いぶか》しげな眼差《まなざ》しを向ける茉莉花《まりか》に、エリカは悪戯《いたずら》っぽく笑った。

「茉莉花《まりか》。何で軸足の——片足の筋力だけで身体《からだ》を支えなきゃいけないの？　あたしたちは魔法師でしょ」

そのセリフを言い終えると同時に、エリカが間合いを詰めて右の前蹴りを放った。

竹刀の打突でなかったことに不意を突かれた茉莉花《まりか》だが、ブロックしつつ後ろに下がって蹴りの威力を殺す。

エリカは右足を下ろしきる前に、左足を前に蹴り出した。

軸足で跳ぶ蹴りの連続技は、特別なものではない。割と普通のコンビネーションだ。

だがエリカが繰り出した蹴りは、そんなものではなかった。彼女の身体《からだ》は前に飛んだ。

下がった以上の距離を詰められて、茉莉花《まりか》は上段の前蹴りをダッキングで躱《かわ》した。

腰を落とした体勢から、着地の瞬間を狙ってローキックを準備する茉莉花《まりか》。

だが蹴りを躱《かわ》されたエリカの身体《からだ》は、その場に落ちずそのまま前に飛んでいった。

空中で身体《からだ》を反転させ向かい合った状態で、エリカは茉莉花《まりか》の間合いの外に着地する。

「あたしたちは床に足を着けなくても動けるんだよ」

そう言った直後、エリカは両足を滑らせて茉莉花《まりか》に迫る。

足は動いていない。エリカの両足は、わずかな隙間を空けて床から浮いていた。

そのスピードは全力ダッシュよりも速い。

急迫するエリカの竹刀を、茉莉花《まりか》は躱《かわ》せなかった。もし［リアクティブ・アーマー］を展開していなかったら、茉莉花《まりか》は悶絶《もんぜつ》を免《まぬが》れなかっただろう。

「──と、まあ、こんな具合。あたしもこれができるようになったのは高校を卒業した後だから、余り偉そうなことは言えないんだけどね」

「……今の、何をしたんですか？」

茉莉花《まりか》の身体《からだ》が震えている。無論、ダメージによるものではない。

武者震い。エリカの技に高揚が抑えきれなくなっているのだ。

「そんなに難しいことじゃないよ。後で教えてあげる」

茉莉花《まりか》が咄嗟《とっさ》に身構えた。

いきなりエリカの雰囲気が変わったからだ。

「おい、エリカ⁉」

それまで傍観していたレオが焦《あせ》った声で口を挿《はさ》む。

「でもその前に教えておかなきゃならないことが他にあるかな」

エリカはレオの声を無視した。茉莉花《まりか》に話し掛ける口調は軽かったが、眼差《まなざ》しは鋭く、全身から重いプレッシャーを放っていた。

「これはあそこの馬鹿にも言えることだけど——」

エリカがレオに目を向ける。

「何をぅ！」と吼《ほ》えるレオ。

エリカはこれも無視した。

「——『盾』や『鎧《よろい》』を過信しない方が良い。少なくとも武術の世界には、絶対の防御なんて存在しないんだ」

何故《なぜ》そんな分かり切ったことを、と茉莉花《まりか》は思った。彼女は自分の［リアクティブ・アーマー］が無敵だ、などとは考えていない。余計なお節介、という思いすら脳裏を掠《かす》めた。

その一方で、茉莉花《まりか》の緊張は高まるばかりだった。危機感、と言い換えるべきかもしれない。

背中にじんわりと汗が滲《にじ》む。真夏の暑気によるものではない。冷や汗だと、彼女は自覚した。

「行くよ」

穏やかな声でエリカが告げる。

次の瞬間、茉莉花《まりか》を虚脱感が襲った。

立っていられなくなった茉莉花《まりか》が膝を突く。

痛みはない。だが攻撃を受けた実感はあった。「打たれた」ではなく「斬られた」という実感が。

身体《からだ》の芯にある、何かを斬られた。その結果、自分は立っていられなくなった。――茉莉花《まりか》はそう覚《さと》った。

すぐ目の前にエリカが立っていると、茉莉花《まりか》は今更のように気付いた。

その時、[リアクティブ・アーマー]の装甲が消えた。茉莉花《まりか》がそう意識したのではなく、更新の途絶えていた魔法が時間切れで解除されたのだ。

(『装甲』の上から、斬られた……?)

魔法の装甲を破られたのではなく、無効化されたのでもなく、装甲を纏《まと》ったままの状態で攻撃を徹された。それを認識した茉莉花《まりか》は、突如足下の土台が崩れ去ったような錯覚を覚えた。

パニックが茉莉花《まりか》に押し寄せた。

「立てる?」

しかしそのパニックは、目の前に差し出された手が視界に入ると同時に消え去った。

代わりに湧き上がったのは「凄《すご》い」という感動。

「──立てます」

茉莉花《まりか》は上手《うま》く力が入らない自分の足に、気合いで言うことを聞かせた。

気を抜くと笑い出しそうになる両膝を意地で固定してエリカと向かい合い、「ありがとうございました」と深く頭を下げる。

「うん、お疲れ様。[滑空]のコーチはまた後でね」

[滑空]というのは、あの滑るような移動法のことだろう。

「あの、一つだけ良いですか」

だが茉莉花《まりか》にはこの場でどうしても訊《き》いておきたいことがあった。

「今のは技だよ。魔法じゃない」

茉莉花《まりか》の質問を先取りしてエリカが答える。

「技……」

「そう、技。剣技。魔法師じゃなくても使える、魔法師を倒せる技。千葉家《うち》じゃ『裏の秘剣』なんて大袈裟《おおげさ》に自賛してたけど、うちだけの専売特許じゃなかったの。恥ずかしいよね」

エリカは言葉どおり、少し恥ずかしそうに笑った。

「あの、何ていう技なんですか」

「うちの流派では［切陰《きりかげ》］って呼んでる」

エリカは照れ臭そうに目を逸《そ》らして「次の挑戦者は誰!?」と叫んだ。

◇　◇　◇

その日の夕食は予定どおり、山岳部主催のバーベキューパーティーだった。最寄りの業務用スーパーまで徒歩で往復した買い出し部隊は無事、時間内に戻ってこられたようだ。

幸い、空は晴れていた。山岳部が泊まっている合宿所のバーベキューコンロをあるだけ借りて、満天の星の下、折り畳みテーブルを広げる。

マジック・アーツ部は招待された側だが、部員たちは山岳部と一緒に準備を進めた。下拵《したごしら》えは女子、焼くのは男子——という役割分担は無い。包丁を巧みに使う男子もいれば、炭火を熾《おこ》すのが上手《うま》い女子もいた。

アリサと茉莉花《まりか》は並んで野菜を切っていた。二つのテーブルをくっつけた向こう側では、浄偉《じょうい》が肉の塊を苦労して切り分けていた。

買い出し部隊が張り切ってブロック肉を買ってきたのではない。山岳部でバーベキューをすると聞いて、小陽《こはる》が研修所出入りの業者に届けさせた物だ。育ち盛りでこの人数、二十キロのブロック肉では大して足しにならないと小陽《こはる》は思っていたが、山岳部の部長には大袈裟《おおげさ》に感謝された。ついでに浄偉《じょうい》は小陽《こはる》の幼馴染みという理由で「でかした」と称賛され、肉の切り分けを任せられるという栄誉に浴した。……カチカチの冷凍肉を加工する重労働を押し付けられた、とも言う。

「火狩《かがり》君、振動系加熱魔法は得意分野じゃなかったっけ？」

大きな包丁を手に悪戦苦闘する浄偉《じょうい》に、茉莉花《まりか》が問い掛けた。要するに「魔法で解凍してから切れば？」と言っているのだ。

「肉が、まずく、なるから、加熱は、禁止」

歯を食い縛って力む合間に、浄偉《じょうい》は答えを返す。

「先輩に禁止されているんだ」

「そう、いう、こと、だっ」

まな板が大きな音を立て、冷凍肉が一枚切り落とされた。

「加熱しすぎなければ味が落ちることはないと思うけど……」

茉莉花《まりか》の隣でアリサが控えめに首を傾《かし》げる。

「俺もそう思うんだけどさ」

「ふうっ」と息を吐いて、浄偉《じょうい》がぼやいた。

「大体、切ってから焼かなくても、魔法で全部一度に焼いてから切り分ければ良いと思うんだけどね。魔法なら『中まで火が通らない』なんてことも無いし」

「横着はダメですよ、ジョーイ」

野菜の籠を持って通り掛かった小陽《こはる》が、そのセリフを聞きつけて口を挿《はさ》む。

「大型コンロでジュウジュウと肉を焼く。これこそバーベキューの醍醐味《だいごみ》！　肉が焼ける香り、滴《したた》る肉汁。魔法で加熱するなんて邪道は認められません！」

小陽《こはる》は力説の果てにグッと握り拳《こぶし》を作った。

「小陽《こはる》って、もしかして焼き肉奉行？」

「お肉だけじゃなくて、今手に持っているお野菜も食べなきゃダメだよ」

茉莉花《まりか》とアリサが連続でツッコむ。

しかし小陽《こはる》の意識に、二人の言葉が届いている様子は無かった。

六台の大型コンロから食欲をそそる煙が立ち上っている。アリサと茉莉花《まりか》の二人も調理係を交代して一年生が集まっているコンロを囲んだ。

その隣のコンロの周りには、山岳部部長の田守《たもり》とマジック・アーツ部男子部部長の千種《ちぐさ》、両部副部長の二人の二年生、それに卒業生のレオとエリカが陣取っている。

在校生は両部長を含めて、自分の為《ため》に箸を動かすよりも、卒業生の接待に勤《いそ》しんでいた。

「――千葉《ちば》先輩、どうぞ」

「おっ、ありがとう。気が利《き》くね」

こんな具合に。

「年下の野郎に給仕《きゅうじ》されて食べ専か？　ちったぁ遠慮しろよ」

我が物顔のエリカに、レオが苦虫を噛《か》み潰している。

「えっ、なに？　アンタ、可愛《かわい》い後輩の女子にお世話されたいの？」

だがエリカは何処《どこ》吹く風で聞き流すどころか、その度に混ぜ返していた。

「そんなこと言ってんじゃねぇ。大体オメー、自分の所《じぶんとこ》の弟子は放《ほ》っといて良いのかよ」

レオもエリカの戯《ざ》れ言《ごと》に一々逆上《のぼ》せず、自分の言いたいことを言っている。ある意味で、上手《うま》く噛《か》み合《あ》っている二人だった。

「西城《さいじょう》先輩と千葉《ちば》先輩、本当に仲が良いんだね」

そんな二人を遠目に見ながら時々聞こえてくる会話を拾い、アリサは独り言のような口調でそう漏らした。

「あの二人、一高在学当時は名コンビだったらしいわよ」

二人の向かい側で肉と野菜をバランス良く焼いている明《めい》がアリサのセリフに応えた。――男子からは時々「もっと肉を」とブーイングが起こっていたが、明《めい》はこれまでのところ全て黙殺している。

「へぇ～、やっぱり有名人だったんだ」

興味津々《きょうみしんしん》の口調で茉莉花《まりか》が明《めい》に訊《たず》ねた。

「成績は振るわなかったみたいだけど、実力じゃ二年生当時で既に一高トップクラスだったとさっき兄が言っていたわ」

「お兄さんが？」

「ええ、ちょっと気になることがあって、準備が始まる前に電話で訊《き》いてみたの」

明《めい》の兄も一高OBで、レオとエリカの一年上だ。なお明《めい》の「ちょっと気になること」が何かというと、レオが使っているローゼン製のCADについてだ。本当は昨日から気になって仕方がなかったのだが、何と言って質問を切り出せば良いのか分からず躊躇《ためら》っていたのだった。それが今日になって、エリカという絶好の口実が登場したという次第である。

なお肝腎のローゼン製CADの入手経緯は、残念ながら兄の五十里啓《いそりけい》も知らなかった。

「四年前の横浜事変は、二人とも覚えているわよね」

アリサと茉莉花《まりか》が揃《そろ》って頷《うなず》く。二人とも北海道《ほっかいどう》の小学校に通っていた時分の話だが、あれだけの大事件だ。しっかり記憶に残っていた。

「西城《さいじょう》先輩と千葉《ちば》先輩も、あの事件の現場にいたんだって。それで二人して、侵攻部隊相手に奮戦したそうよ」

「……当時はまだ高校一年だよね？」

目を真ん丸にして茉莉花《まりか》が問い返す。アリサは顔を強張《こわば》らせて絶句していた。

「敵の直立戦車を真っ向から斬り伏せたんだって」

「直立戦車を？」

「刀で？」

「千葉《ちば》先輩は身の丈を超える長い刀で。西城《さいじょう》先輩はカーボンナノチューブの極薄シートを魔法で固めた特種な剣で。二人とも一刀両断だったと、兄は言ってたわ」

「へぇ……。凄《すご》いなぁ」

じゃれ合っているとしか見えないエリカとレオに、茉莉花《まりか》がキラキラした目を向けた。

その目の光に、アリサは危機感を覚えた。

「ミーナ……。そんな危ない真似《まね》をしちゃダメだからね」

「幾らあたしでも自分から好《す》き好《この》んで軍隊に挑んだりしないよ!?」

心外な、という表情で茉莉花《まりか》が反論する。

「だったら良いけど」

口ではそう言いながら、アリサが納得していないのは明らかだった。

「……信用無いなぁ」

「そんなことないよ。あんな大事件はそうそう起こらないだろうしね」

「それって、事件が起こったら飛び込んでいくと思ってるってことだよね!?」

「気の所為《せい》よ」

アリサと茉莉花《まりか》が繰り広げるグダグダな会話。

「はいはい、しょーもない痴話喧嘩《ちわげんか》は二人きりの時にして」

そこに明《めい》が割って入った。

「痴話喧嘩《ちわげんか》なんかじゃないよ！」

「…………」

向きになる茉莉花《まりか》と、向きになったら負けだと黙っているアリサ。

どちらが正解なのかは、周りから茉莉花《まりか》に向けられている生温かい視線が物語っていた。

【5】合宿最終日

八月二十日、木曜日。今日でマジック・アーツ部は四日間の合宿を終える（山岳部の合宿はまだまだ続く）。

研修所を発《た》つ予定時刻は午後二時。昼食までの時間は各自、自由練習になった。

元々急に決まった合宿だ。大雑把なスケジュールしか組まれていなかった。だから一部の部員から出た、飛び入りコーチのエリカから昨日学んだことを忘れないうちにお復習《さら》いしたいという要望によって、今日の予定が簡単に書き換えられたのだった。

茉莉花《まりか》はアリサに手伝ってもらって、足を動かさずに高速移動する技術［滑空］の練習をしていた。

体育館の端を直線で往復する。それを八時過ぎから繰り返していた。

足を動かさない移動法には、相手に動きを読まれないというメリットがある。相手に間合いを摑《つか》ませないというメリットも期待できる。

デメリットとしては、途中で止まったり向きを変えたりしようとすると魔法的なリソースを大量に浪費してしまうという点、魔法を解読されることで動きを先読みされてしまう恐れがあるという点か。

「こんな感じかな？」

「うん、今のは良いんじゃない？」

練習開始から三時間。茉莉花《まりか》の［滑空］はある程度形になっていた。まだ「使いこなせている」というレベルではない。エリカの域には程遠い。だが試合で、一度限りの奇襲に使うには有効な武器になる秘密兵器のできあがりだ。

「アーシャ、ありがとう。もう良いよ」

「まだお昼まで一時間くらいあるけど、他の練習をするの？」

合宿に参加している部員の、約三分の二が現在この体育館で組手を行っている。見たところ相手は大体固定されているが、お願いすれば交ぜてくれるはずだ。朝から練習したテクニックを、相手のある組手で試してみるのも良いかもしれない。

「ううん、エリカさんのところに行ってみるつもり」

茉莉花《まりか》の答えは、アリサが予想していなかったものだった。

「もうこんな時間だし、千葉《ちば》先輩、ロッジにいないかもよ？」

エリカは近くのロッジを借りて四人の弟子と合宿をしている。アリサはそれを、他ならぬ茉《ま》莉花《りか》から昨日聞いていた。

「うん、分かってる。でも、無駄足になっても良いんだ」

口ではそう言っているが、茉莉花《まりか》には何かエリカと話したいことがありそうだ。

アリサにはそれが、何となく分かった。

「付き合うよ」

一緒に行った方が良いとアリサが思ったのも、「何となく」だった。

◇　◇　◇

エリカが借りているロッジは、歩いて十分程の場所にあった。

「ここだよね」

「うん、ここで合ってるよ」

ロッジに掲げられた看板を読んで、アリサが頷《うなず》く。

茉莉花《まりか》がドアホンのボタンを押すとすぐに、応答の代わりにドアが開いた。

「遠上《とおかみ》に、十文字《じゅうもんじ》先輩の妹さんじゃねえか」

中から出てきたのは何故《なぜ》か、レオだった。

疑問の口調で「西城《さいじょう》先輩!?」と声を揃《そろ》える茉莉花《まりか》とアリサ。

意外感に起因する驚きが強すぎて「何故《なぜ》ここに?」という次のフレーズが、どちらの口からも出てこなかった。

「エリカに用か?　だったら中にいるぜ」

そう言ってレオが扉を押さえたまま半身になって身体《からだ》をずらす。

中に入れ、というポーズだ。

「……お邪魔します」「……失礼します」

二人は「遠慮がちに」というより「恐る恐る」という表現が似合いそうな素振りで、お辞儀しながらレオの前を通り過ぎた。

「あれっ？　二人とも、どうしたの？」

エリカはダイニングと一体になっているキッチンに立っていた。昼食の準備をしているのだろうか。もしそうなら邪魔かもしれない。

「あっ、気にしないで。お茶を淹《い》れようとしていただけだから」

アリサの脳裏を過《よぎ》った罪悪感を読み取ったのだろう。エリカはそう言った後、自分の言葉を証明するようにキッチン台から二つの小皿を持ち上げてダイニングテーブルに運んだ。

小皿に載っていたのは、お茶請《ちゃう》けの羊羹《ようかん》だった。

「あの、お手伝いします」

「ありがとう。でも、座ってて」

エリカは笑顔でにこやかな口調だった。だが「気遣い無用」という意思は明瞭だった。

アリサと茉莉花《まりか》は顔を見合わせ、言われたとおりに腰を下ろした。

玄関から戻ってきたレオが、遠慮も躊躇《ためら》いも無く茉莉花《まりか》の向かい側——羊羹《ようかん》が置かれている席に座った。

エリカがお盆に載せてお茶を運んできた。湯呑《ゆの》みの数は四つ。

態々《わざわざ》茶托《ちゃたく》に載せて湯呑《ゆの》みを配る。茉莉花《まりか》とアリサの前には追加の羊羹《ようかん》も置かれた。

二人は恐縮の態《てい》で「ありがとうございます」と頭を下げ、レオはただ「おう」とだけ言って軽く片手を上げた。

「ほんじゃまぁ、いただきますっと」

レオはそう言って遠慮皆無で羊羹《ようかん》に手を付けたが、アリサたちにはとても真似《まね》できない。やはりエリカとレオの二人は、ただならぬ間柄なのだろうか——？

そんなことを考えながら、茉莉花《まりか》もアリサも目の前の湯呑《ゆの》みをただ見詰めていた。

「遠慮無くどうぞ」

席に着いたエリカに促されて、まず茉莉花《まりか》が、続いてアリサが湯呑《ゆの》みを手に取った。

煎茶は濃すぎもせず薄すぎもしない、ちょうど良い塩梅《あんばい》だった。

温《ぬる》めなのは敢《あ》えてそうしているのだろう。外は今日も、真夏の太陽が照りつけている。

「それで？」

エリカの問い掛けに応えて、茉莉花《まりか》が「ありがとうございました」と頭を下げた。

「教えて頂いた［滑空］ですが、何とか形にできました」

「もうできたんだ。見せてもらっても良い？」

「はい、お願いします」

「あっ、羊羹《ようかん》を食べてからで良いよ」

腰を浮かせ掛けた茉莉花《まりか》は、少し恥ずかしそうに座り直した。


ロッジの前は平らに均《なら》されていた。表面の土の色から、整地したのはつい最近のことだと思われた。おそらくエリカか彼女の弟子が、魔法で稽古《けいこ》をし易《やす》い場所を作ったのだろう。

エリカとアリサと、何故《なぜ》かレオまでもが見守る中で茉莉花《まりか》が［滑空］を実演する。エリカは取《と》り敢《あ》えずの合格サインを出した。

「茉莉花《まりか》には言わなくても良いことだろうけど、完全に会得《えとく》できるまで練習を続けなさいよ」

「はい、頑張ります！」

「うん、素直な良い返事。うちの門弟に見習わせたいくらい」

エリカが上機嫌に笑う。

その笑顔に勇気づけられたのだろう。

「あの、エリカさん」

茉莉花《まりか》は遠慮がちに切り出した。

「あたしに、あの技を教えていただけませんか」

「あの技って［切陰《きりかげ》］？」

「はい。やはり、駄目でしょうか」

エリカは返事を迷わなかった。

「茉莉花《まりか》に『陰の技』は合わないと思うよ」

エリカの答えは「否《No》」だった。

「そう、ですか……」

落胆を隠せない茉莉花《まりか》。

「誤解しないで。茉莉花《まりか》の戦い方には合わないという意味だよ」

だがその言葉に茉莉花《まりか》が纏《まと》う空気は、失望が希望に変わった。

「茉莉花《まりか》の強みは、その堅い守りにものを言わせた積極的な攻撃だと思う。だからシールドを抜かれても耐えられる二重、三重の防御を身に付ける方が良いんじゃないかな」

「ですが千葉《ちば》先輩。異なるシールド魔法を同時に展開すると魔法の力場が干渉し合って、シールドの弱体化を招く危険性があります。最悪、シールドが発生しなくなるケースも……。いえ、むしろその方が普通かもしれません」

余り深く考えずに頷《うなず》いている茉莉花《まりか》の横から、アリサが疑問を呈する。

このことは［ファランクス］を修得する上での最初の難関だ。アリサもそれで苦労した。

しかしその点は、エリカも理解していた。

「十文字家《じゅうもんじけ》の人らしい指摘だね。だから、シールド魔法以外と組み合わせるんだよ」

「硬化魔法ですか？」「硬化魔法ですね！」

アリサがエリカに答えを求める視線を、茉莉花《まりか》がレオに熱い視線を向ける。

「茉莉花《まりか》。良いことを教えてあげる」

茉莉花《まりか》が目に宿る熱はそのままに、エリカへ視線を戻した。

「残念だけど硬化魔法じゃ［切陰《きりかげ》］のような『陰の技』は防げない。でも肉体に直接干渉する魔法なら、肉体そのものを硬化する魔法で封殺できる」

「それって……」

「千香《ちか》に聞いたけど、一条家《いちじょうけ》の体液干渉魔法に苦杯を喫したんでしょう？　茉莉花《まりか》が硬化魔法を身に付けようとしたのは正解だよ」

「ちょっと待ってください。自分の身体《からだ》を硬化するなんて、できるんですか？」

目の前にニンジンをぶら下げられた馬のような目付きになっている茉莉花《まりか》の横から、アリサが焦《あせ》った声で口を挿《はさ》んだ。期待が大きく膨らめば、ぬか喜びだったと分かった時の失望も大きい。それを懸念《けねん》したのだ。

この合宿で山岳部が使用し、レオが茉莉花《まりか》に教えた硬化魔法は服を固めるものだった。現代のポピュラーな硬化魔法は防具や刀剣類の強度を上げるものだ。

古式魔法には「気」や「加護」や「神憑《かみがか》り」によって肉体の強度を上げる術式が存在すると

聞くが、それらはおそらく「強化」であって硬化魔法とは別の術理に基づく魔法だ。

そもそも人体は柔軟性を持つから自由に動けるのであって、肉体を「硬化」してしまったら動けなくなるのではないか。アリサはそういう疑問を懐《いだ》いた。

「できないと考えるのが常識的ね」

「……つまり常識が間違っているということですか」

「ううん、常識が間違っているんじゃなくて。非常識な例外が存在するってこと。そうでしょ、レオ」

「そういう話になるのは、会話の流れで何となく分かっちゃいたけどよ……」

エリカに話を振られたレオは、とびきり苦いゴーヤを食べさせられたみたいな感じに顔を顰《しか》めた。

「あれはオレのBS魔法みたいなもんで、誰にでも使えるってもんじゃないぜ」

BS魔法は先天的特異魔法技能とも呼ばれている、属人的な魔法だ。必ずしも本人以外再現不可能というわけではないが、容易に学習、模倣できないが故に「先天的」であり「特異」と呼ばれている。

「完全に会得《えとく》する必要はないでしょ。肉体に干渉する魔法を受けた瞬間だけで良いんだから。確か、燃費改善の為《ため》とか言って達也《たつや》君に専用の起動式を作ってもらってなかった？」

「確かに達也《たつや》が起動式を組んでくれたけどよ……」

二人の卒業生の遣《や》り取《と》りを聞いて、アリサは「まただ……」と思った。

またしても『司波達也《しばたつや》』。今回に限らず高度な魔法技術の話になると、高い頻度でこの名前が出てくる。

彼女も司波達也《しばたつや》の功績を知らないわけではない。友人の明《めい》が傾倒していることもあって、魔法師の社会で一般に知られている範囲のことは一通り調べた。

『トーラス・シルバー』の名前で、ループ・キャスト・システムを始めとして幾つもの魔法システムソフトウェアを飛躍的に改良。

同じくトーラス・シルバーとして、世界で初めて飛行魔法を実用化。

飛行魔法と同様に「加重系魔法の三大難問」の一つだった、重力制御式熱核融合炉の実用化技術を確立。

魔法師以外の人々には「個人の力で大国の軍事力を凌駕《りょうが》した魔人」の側面が広く知られているが、魔法工学技術者としての功績も軍事的・政治的な威名に匹敵するとアリサは思っている。

だがそれにしても、個人的なテリトリーで名前を聞くことが多すぎる。まるで『司波達也《しばたつや》』という名の大きな運命の流れに、自分の人生が引き寄せられているような錯覚すら覚える。

その錯覚は、彼女の意識の片隅に不吉な予感として蟠《わだかま》った。

ロッジに戻った茉莉花《まりか》は、レオから「自分の肉体に作用する硬化魔法」の起動式を受け取った。

「あの、これを書いた司波《しば》先輩にお断りしなくて良いんですか？」

魔法には、特許権使用料を徴収するシステムは無い。CADに使用される起動式は電子的なプログラムなので公開されたものは著作権の対象となってもおかしくないのだが、この点については「起動式はロジックであって著作物ではない」という結論で、事実上の国際合意ができている。

私経済分野でリバースエンジニアリングを禁止する条項は一般的だが、友人間の遣《や》り取《と》りで法的に有効な禁止条項が定められているケースは稀《まれ》と言える。

ただ、法的権利関係と個人的信頼関係は別物だ。茉莉花《まりか》はレオが友人との関係を悪化させるのではと懸念《けねん》したのである。――なお、茉莉花《まりか》にとって達也《たつや》は知らない人なので、彼がどう思おうと気にならなかった。

「ああ、そりゃ大丈夫だ。達也《たつや》からは自由にして良いって言われているからな」

「……そうなんですか？」

「随分太っ腹だな」と茉莉花《まりか》は感じた。

「何か裏がありそう」と横で聞いていたアリサは思った。

「むしろ、使えそうなヤツを見付けたら分けてやってくれって言われたぜ」

「……条件は無いんですか？」

ますます胡散臭《うさんくさ》さを覚えたアリサが訊《たず》ねる。

「渡した相手のことを後から報せろとは言われているな。でもそれは普通だろ？」

「ええ、そうですね……」

レオの言うとおり、私的に譲られたプログラムの複製を第三者に渡す場合は、少なくとも事後に承諾を取るのがマナーだ。これは何もプログラムに限ったことではない。誰かの労力の産物には敬意が払われるべき——これが現代社会のコンセンサスだった。

しかしそれは同時に、大切な親友の個人情報が得体の知れない男性の手に渡るということでもある。その男は美人な婚約者にぞっこんらしいからストーカー的な被害は心配しなくても良いのかもしれない。だが今までに耳にした様々なエピソードから、マッドサイエンティスト的な興味を持たれるのではないか、という懸念《けねん》をアリサは拭い去れなかった。

「西城《さいじょう》先輩は今でも司波《しば》先輩と親しくされているのですか？」

レオは魔法師との縁が薄いレスキュー大に進学し、魔法から離れている。一方の達也《たつや》は魔法師としても魔工師としても、魔法の世界にどっぷり浸《つ》かっている。もしかしたらあまり接点は無いかもしれない。

それはアリサの希望的観測だったが、的外れでもなかった。

「お互い忙しくてなぁ。最近は時々電話で話すくらいか」

それなら、表面的なプロフィール以外が伝えられることはないだろう……。アリサは一先《ひとま》ず安心した。

「ところでレオ先輩、何でエリカさんのロッジにいたんだろうね？」

合宿に使っている研修所への帰り道、茉莉花《まりか》がそんなことを言い出した。

その発言を「唐突」とは、アリサは思わなかった。実は彼女もさっきから同じことを考えていたからだ。

「何故《なぜ》だろうね。確かに仲は良さそうだけど、恋人同士には見えなかったな……」

「でもすごく分かり合っている感じだったよ。『気が置けない男女』っていうのかな。そんな感じだった」

「うーん、でも、雰囲気がね。恋人って言うより、親友？　みたいな？」

「恋人以上の親友？」

「あっ、そんな感じ」

茉莉花《まりか》が口にしたフレーズに、アリサは手を叩《たた》いて頷《うなず》いた。

この時の二人は、目をキラキラさせていた。

◇◇◇

昼食後はすぐに帰り支度。荷物を纏《まと》めて、お世話になった研修所の職員に皆で挨拶《あいさつ》に向かう。その後、既に到着していた貸切《かしきり》バスに乗って、マジック・アーツ部の部員とアリサたち四人は研修所の最寄り駅へ向かった。

来た時と同様、アリサと茉莉花《まりか》の二人は個型電車《キャビネット》で狭い思いをしながら自宅最寄り駅へ向かう。四日前との違いは、嵩張《かさば》る荷物を抱えていながら、茉莉花《まりか》が眠そうにしていたことか。合宿の疲れが出たのだろう。昨日までに蓄積された疲労に加えて茉莉花《まりか》は午前中ずっと、新しい魔法を覚える為《ため》の試行錯誤で体力と精神力を消耗していた。

「ミーナ、起こしてあげるから眠ってて良いよ」

隣の席からアリサが声を掛ける。彼女も大きなバッグを膝に抱えていて茉莉花《まりか》の荷物を引き受けることは不可能だったので、せめて目覚まし時計の代わりくらいはしてあげたいと考えたのだ。

本当はアリサも眠かったのだが。

「……ありがとう。お言葉に甘えちゃうね」

茉莉花《まりか》は睡魔に抗《あらが》うのを止めた。

彼女は俯《うつむ》き、目を閉じた。

「アーシャ、あたし、頑張るよ」

眠りに落ちる前に、それだけは言いたかったのか。茉莉花《まりか》は目を閉じたまま、呂律《ろれつ》が怪しくなった口でそう言った。

「教えてもらったこと、きっと……」

言葉が寝息に取って代わられる。もしかしたらそれは、半分寝言のようなものだったのかもしれない。

それでもアリサには、茉莉花《まりか》が何と言ったのか分かった。

茉莉花《まりか》は「エリカとレオから教わった魔法をきっと会得《えとく》してみせる」とアリサに約束したのだった。

【6】地区予選

全日本マーシャル・マジック・アーツ大会。その名のとおり、マジック・アーツの日本チャンピオンを決める大会だ。

出場資格は十二月三十一日時点で十五歳以上の日本居住者。国籍は素《もと》より、魔法師かどうかも問われない。形式は十八歳以下男女、年齢無制限の男女、四部門のトーナメントだ。二〇九七年に再編された道州制に基づき北海道《ほっかいどう》、東北道《とうほくどう》、関東州《かんとうしゅう》、北陸道《ほくりくどう》、東海道《とうかいどう》、近畿州《きんきしゅう》、中国道《ちゅうごくどう》、四国道《しこくどう》、九州道《きゅうしゅうどう》の九地区でトーナメント形式の予選を行い、各地区上位四名が本戦に出場する。

――なお二〇九六年以前は従来の道州区分で予選が行われ、二〇九七年の大会は緊迫した国際情勢の影響で中止された。

シード権のようなものはなく、組み合わせは完全に抽選だ。各部門三十六人が一堂に会した籤《くじ》引きでトーナメント表が決まり、試合数の有利不利は考慮されず各部門のチャンピオンが決まる。運と実力が全ての大会だった。

大会は毎年八月下旬に行われる。今年は八月二十三日の日曜日に全国で一斉に予選が行われ、翌週の日曜日、八月三十日に本戦が予定されている。

◇　◇　◇

地区予選前日の八月二十二日。

翌日に試合を控えているにも拘《かか》わらず、茉莉花《まりか》は一高の第二小体育館で練習に励んでいた。マジック・アーツの競技服ではなく半袖シャツにスパッツの体操服姿。そのシャツは汗でぐっしょりと濡《ぬ》れて重くなっていた。

組手の相手はいない。流した汗にも拘《かか》わらず、彼女はさっきから動いてもいなかった。茉莉花《まりか》の眉間に深い皺《しわ》が寄っている。顔色が悪いのは過度の精神集中によって酸欠になっているのか。

茉莉花《まりか》は魔法の練習をしているのだった。

「ミーナ、そろそろ止めた方が良いよ！　明日は試合だよ⁉」

見かねたアリサが声を上げた。

その声に集中が途切れたのか、茉莉花《まりか》が床にへたり込む。

アリサは慌てて、小走りで駆け寄った。

アリサだけでなく、千香《ちか》や他の先輩も心配顔で寄ってくる。

「大丈夫？」という声が次々と掛けられた。

「茉莉花《まりか》、もう上がれ」

千香《ちか》が命令口調で茉莉花《まりか》に告げる。これ以上は看過できないという表情だ。

「分かりました……」

自分でも多少無理をしているという自覚があった茉莉花《まりか》は、部長の言葉に逆らえなかった。


シャワーを浴びた茉莉花《まりか》は「一休みした方が良いよ」と勧めたアリサと一緒に学食のカフェに来ていた。夏休み中で食堂もカフェも営業していなかったが、場所は生徒に開放されている。自販機も動いている。茉莉花《まりか》のように部活を終えた生徒や、まだユニフォームを着ている部活中の生徒で席は八割方埋まっていた。

「ミーナ、さっきは一所懸命何をやっていたの？　硬化魔法なら昨日コツを摑《つか》んだと言っていたじゃない」

席を確保し、二人分の飲み物を用意して訊《たず》ねるアリサ。茉莉花《まりか》が何かの魔法を発動しようとしていたことは傍《はた》で見ていて分かったが、それが何の魔法なのかまで読み取るスキルは、アリサには無かった。

「……服の硬化はできたから、次の段階に進めないかと思って」

心配させた罪悪感からか。身体《からだ》を縮こまらせながら、茉莉花《まりか》は告白した。

「何考えてるの！」

案の定、アリサは怒った。

「新しい魔法をそんなに次々と身に付けられるはずないじゃない！」

「でも、できそうな気がしたんだよ……」

首を竦《すく》めながら、茉莉花《まりか》は抗弁する。

「何か、すっごく分《わ》かり易《やす》い起動式だったんだ」

「分《わ》かり易《やす》い!?　あんな、訳が分からない魔法が!?」

アリサの声のトーンが上がり、茉莉花《まりか》はますます亀になる。

二人は正反対のことを言っているようだが、話題にしているのは同じ魔法だ。それに、二人の主張が矛盾しているというわけでもなかった。

論理が首尾一貫していて無駄も不足も一切無く、最小限の労力で魔法式を完成させられる起動式。それを茉莉花《まりか》は「分《わ》かり易《やす》い」と言った。

だができあがった魔法式は何が何にどう作用するのか、全く理解できないものだった。システムは理解不能で、辛《かろ》うじて結果だけが予測できる魔法式。それをアリサは「訳が分からない」と評した。

魔法名「バダリィフォージング《bodily forging》」。直訳するなら「身体鍛造」。フォージング《forging》には「偽造」という意味もあるから、そちらのニュアンスも含まれているのかもしれない。

ちなみに「フォージング」という魔法は以前から知られている。金属精錬の魔法ではなく、固体の弾性を増す魔法だ。主に、手で使う道具に用いられる。材質の強度を上げるのではなく、曲がったり凹《へこ》んだりした道具が自動で元の形に戻る性質を事前に付与する。

自動修復ではなく、あくまでも元に戻る程度を高めるもの。壊れてしまった物を修復する効果は無い。鍛造品の粘り強さを念頭に命名されたと言われている。

司波《しば》達也《たつや》が作ったというこの魔法も、一部に「フォージング」という名称を使っている以上、全くの無関係とは思われなかった。だが起動式をどう読んでも共通点は見当たらない。いや、そもそもレオとエリカが言うとおりなら、「バダリィフォージング」は自分自身に掛ける硬化魔法だ。道具を壊れにくくする魔法と共通点が無いのは、その意味では当然だった。

「あっ、いたいた。アリサ、茉莉花《まりか》！」

名前を呼ばれて、二人が同時に振り向く。

明《めい》が小さく手を振りながら二人のテーブルに歩み寄った。彼女は片手に飲み物を、もう一方の手に大判のタブレット端末を持っていた。

「捜したわよ。予定よりも早く練習を終えたのね」

「あっ、ごめんね。連絡すれば良かったね」

アリサの謝罪に「気にしないで」と首を横に振りながら、明《めい》は茉莉花《まりか》の隣、アリサの斜向《はすむ》かいに座った。

「何か分かったの？」

茉莉花《まりか》がアリサの隣に移動して、前置きも無く訊《たず》ねる。彼女の声には、期待感がこめられていた。

「医療魔法の一種じゃないかって、兄は言っているわ」

唐突感が否定できない茉莉花《まりか》の質問に戸惑いを見せず、明《めい》はすぐに答えを返した。

茉莉花《まりか》が訊《たず》ね明《めい》が答えたのは、今まさに話題になっていた「バダリィフォージング」の正体についてだ。身体硬化魔法の起動式と説明を受けて渡されたものなので、本来ならば「正体」を論じる必要は無い。だがどのような理屈でどのように「硬化」されるか理解できない魔法を、理解できないまま済ませてはおけなかった。受け取った本人よりもアリサの方が、そんな気持ちの悪い状態の魔法を大切な茉莉花《まりか》に使わせることに強い抵抗を覚えた。

そこで昨日、司波《しば》達也《たつや》のことになると目の色を変える明《めい》に協力を持ち掛けたのである。部活中の彼女を捕まえて協力を依頼したところ、明《めい》は二つ返事で頷《うなず》いた。

アリサはそんな明《めい》を内心「チョロい」と思ったのだが、これは多分アリサの方が間違っている。未公表の魔法、しかもあの司波《しば》達也《たつや》が書いた起動式だ。魔工師やそれを目指す者ならば、飛び付かない方が少数派に違いなかった。

「お兄さんが見てくれたの？　お家《うち》の仕事で忙しいんじゃなかった？」

アリサは回答の内容よりも先に、「兄は言っている」の部分に驚きを示した。明《めい》の兄、五十《いそ》里《り》啓《けい》は現在魔法大学の三年生だが、刻印魔法の俊英《しゅんえい》として既にその名を知られている。前途有望な学生としてではなく、優れた技術者としてだ。大規模建造物の刻印魔法も幾つか手掛けており、大学が夏休みの間は実家の仕事でスケジュールが埋まっていると明《めい》がぼやいていたのをアリサは記憶している。

「あの方の起動式だと言ったら、仕事を放り出して飛び付いたわ」

明《めい》は肩を竦《すく》めて首を小さく左右に振っている。だがその口角は、少し自慢げに上がっていた。

ただ「司波《しば》達也《たつや》の起動式」に惹《ひ》かれること自体は別に、五十里《いそり》兄妹《きょうだい》がおかしいのではない。これは現代の日本魔工師業界の、一般的な風潮だった。

「医療魔法ってどういうこと？　硬化魔法じゃなかったの？」

呆《あき》れ顔《がお》をしているアリサの隣から茉莉花《まりか》が口を挿《はさ》む。いや、本題はこちらだから口を挿《はさ》んだのは直前のアリサの方か。

「作用の類型は医療魔法だけど、元になっているロジックは硬化魔法のものらしいわよ」

「どゆこと？」

理解できていないのは、茉莉花《まりか》だけではない。アリサも隣で、頭上に大きな疑問符を浮かべている。

「硬化魔法の本質は、パーツの相対位置を固定する魔法。これは知っているわよね？」

「うん。この前の合宿で教えてもらった。明《めい》もその場にいたじゃない」

「話の段取りよ」

茉莉花《まりか》のツッコミを、明《めい》は涼しい顔で流した。そして自分の段取りに従い、クイズを出す。

「じゃあ、これを人体に適用するとどうなると思う？」

「分かんない」

茉莉花《まりか》はすぐに白旗を揚げた。

「アリサは？」

アリサもあっさり首を左右に振った。

考えるのを面倒くさがったのではない。「人体に作用する硬化魔法」は一昨日から散々考え、二人で意見を出し合って、結局「分からない」という結論に至ったテーマだった。

「魔法の定義を適用すれば、人体に作用する硬化魔法は人体のパーツの相対位置を固定する魔法。じゃあ硬化魔法における、人体のパーツとは何か」

明《めい》はいったん言葉を切ったが、それ以上もったいぶらなかった。

「答えは、細胞よ」

「じゃあ、人体を硬化する魔法は細胞の相対位置を固定する魔法？」

茉莉花《まりか》が半信半疑の口調で答え合わせを求める。

「そういうことね」

「でもそんなことをして、生命活動は維持できるの？」

すぐさまアリサが反論した。

人体は生きている限り、常に動いている。分《わ》かり易《やす》い例は心臓の鼓動だ。血管も血の流れに従って常に膨張・収縮しているし、呼吸の度に肺も動いている。

「細胞の相対位置固定」がどの程度の縛りになるのか分からないが、そんなことをしたらすぐに生命活動が停止してしまうのではないかとアリサには思われた。

「全部止めたら厳しいでしょうね。心肺停止と同じ状態になるわけだし、数十秒なら生きていられるでしょうけど、一分を超えると脳にダメージが残るんじゃないかしら」

「じゃあ、身体硬化魔法は使えても一分以内ってこと？」

「時間以前に、身体活動を全部止めてしまうのは実用的じゃないわ。だから身体硬化魔法には凄《すっご》く複雑な条件が設定されているらしいの。余程《よっぽど》高い適性が無いと発動できないってくらい」

「そうなんだ……」

特別な適性が必要と聞いて茉莉花《まりか》が気を落とす。だが明《めい》の話は、そこで終わりではなかった。

「でもその使いにくさを、あ、あの方は解決したのよ！　何て素晴らしい英知！　素晴らしいとしか言いようがないわ！」

「……英知って」

「こういうケースに使う言葉ではないような……」

茉莉花《まりか》とアリサが入れたツッコミは、陶酔中の明《めい》には届かなかった。ただ、言いたいことを言って我に返ったのか、明《めい》は決まり悪げな表情で態《わざ》とらしい咳払《せきばら》いをした。

「……つまりね。適性のある者が限られており、適性者でも発動に伴って大きな負担が掛かる身体硬化魔法を、あの方は普通の高難度魔法にアレンジしたの」

「……難しいけれど、特別な適性が無くても発動できるということ？」

明《めい》のセリフを少しの間咀嚼《そしゃく》して、アリサが確認の質問を投げ返す。

「そう。それがこの［バダリィフォージング］。魔法式に未知のプロセスが含まれているけど、有害な副作用は見当たらないと、兄は太鼓判を押していたわ」

「未知のプロセスって？」

太鼓判を押されても、アリサとしては聞き流せないフレーズだった。

「四系統八種のどの類型にも当てはまらない、だからと言って古式魔法にも一致するパターンが見付からない魔法のプロセスよ」

「大丈夫なの、それ……」

「兄がそのプロセスを取り出して実行してみたけど、何も起こらなかったわ」

明《めい》の顔にもどかしげな表情が過《よぎ》る。彼女もやはり「未知」のままで済ませるのは納得できないのだろう。

「無意味なプロセスだったということ？」

「いいえ」

アリサのこの問いには、明《めい》は「否」を返した。

「試しにこのプロセスに対応する記述を削除した起動式を実行してみたけど、有効な魔法式は構築されなかった」

「そのプロセスを戻したら、魔法が発動したのね？」

明《めい》が頷《うなず》き、アリサが眉を顰《ひそ》めて腕を組む。

「それで結局、発動したのはどんな魔法だったの？」

考え込むアリサの横から茉莉花《まりか》が訊《たず》ねた。彼女の関心は魔法のシステムよりも効果にあった。

「兄も私も完全に発動できたわけじゃないけど……。どうやら、魔法発動後に肉体が外から受けた影響を無かったことにする魔法みたい」

「無かったことにする？」

「魔法発動後に発生した肉体の損傷を、発動時点の状態に修復する魔法とでも言えば良いのかしら。細胞の状態を、魔法発動時点のものに戻すの。細胞の相対位置を固定し続けるのではなく、事後的に固定する魔法とも言えるわね」

「だから医療魔法であり、同時に硬化魔法なのね……」

アリサの言葉に明《めい》は頷《うなず》き、

「じゃあ魔法を発動している間は不死身状態？」

茉莉花《まりか》の言葉に慌てて頭《かぶり》を振った。

「極《ごく》短い時間しか発動できないわよ。長くてもせいぜい三秒くらい」

「三秒かぁ……」

そして明《めい》が付け加えた言葉に、茉莉花《まりか》は視線を虚空《こくう》に投げて考え込む。

「……一晩で分かったのはこの位。力不足で申し訳ないけど」

「ううん、とても助かったよ。とにかく、ミーナに害は無いのね？」

無念を漂わせている明《めい》に、アリサは念を押した。

「そこは保証する」

確約を得て、アリサは安堵《あんど》の息を漏らした。

「とにかく、もう少し調べてみるから」

「うん、ありがとう。ごめんね」

「『ごめんね』は要らないわ。こんな貴重な研究材料、御礼《おれい》を言うのはこっちなんだから」

明《めい》がマッドサイエンティストの気《け》がある笑みを浮かべて立ち上がる。

「じゃあ、何か分かったら連絡する。茉莉花《まりか》も、またね」

「――うん。ありがと、明《めい》」

自分の世界から戻ってきた茉莉花《まりか》に手を振って、明《めい》はその場を後にした。

◇◇◇

午後四時頃から降り出した雨は、二時間程で止《や》んだ。今は頭上に星空が広がっている。

「明日は晴れそうだね」

「うん。でも台風の影響で、しばらく不安定みたい」

キッチンから話し掛けるアリサに、テレビを見ていた茉莉花《まりか》がダイニングテーブルから応えを返す。

ここは茉莉花《まりか》の部屋。地区予選を明日に控えた茉莉花《まりか》の為《ため》に、アリサが夕飯を作ってあげているところだった。

「全国大会の日に雨が降ったらヤだなぁ」

気象情報を見ながらぼやく茉莉花《まりか》。

「こらこら。まずは明日のことでしょ」

一週間後の天気を気にする茉莉花《まりか》を、予選に集中すべきだとアリサがたしなめる。

「組み合わせはランダムなんだから、準々決勝より前に部長さんと対戦することだって十分あり得るんだよ」

予選はトーナメント形式で、全国大会に出場できるのは各部門上位四人。準々決勝で負けてしまったら、本大会には出られない。

「その時は勝つよ。絶対に、何としてでも」

「だったら今は、天気のことなんか気にしちゃダメでしょ」

「……うん、そうだね」

頷《うなず》き、少し反省した顔で茉莉花《まりか》はチャンネルを変えた。

「ご馳走様《ちそうさま》。美味《おい》しかった！」

「お粗末様」

気持ちの良い茉莉花《まりか》の笑顔にアリサも自然な笑みを返し、食器を纏《まと》めてキッチンに下げる。

上げ膳据え膳で甘やかしすぎな気もするが「今晩は特別」とアリサは自分に言い訳していた。

食器を自動洗浄機に預けて、アリサは浴室をのぞきに行く。

「ミーナぁ、お風呂《ふろ》ーっ」

念の為《ため》に自分の手で湯加減を確認して、茉莉花《まりか》に入浴を促した。

「はーい」

脱衣所に茉莉花《まりか》がやって来る。彼女と入れ替わりで狭い廊下に出たアリサは、掃除ロボットのスイッチを入れた。

炊事に掃除、お風呂《ふろ》の準備。家事が高度に自動化されているとはいえ、前世紀の亭主関白家庭も斯《か》くやである。しかもアリサは結構楽しそうだ。彼女には「ダメ人間製造機」の素質があるのかもしれない。

茉莉花《まりか》と入れ替わりで入浴を終えたアリサはパジャマに着替えた。今晩はこの部屋に泊まる予定だ。

洗濯機を動かして脱衣所を出たアリサは、茉莉花《まりか》がベッドの脇でジッと座り込んでいるのを発見した。彼女の前にはドライヤーが転がっている。髪はまだ湿っているように見えた。

「どうしたの、ミーナ⁉　風邪引いちゃうよ！」

急ぎ足で歩み寄ったアリサを、茉莉花《まりか》は夢から覚めたばかりのような顔で見上げた。

「ごめん……何か、ボーッとしてた」

茉莉花《まりか》は「にへら」と脱力した笑みを浮かべた。その笑顔からは、疲労が滲《にじ》み出《で》ている。

「もうっ！　あんなに無理をするから」

怒った顔でアリサがドライヤーを手に取った。そのまま茉莉花《まりか》の背後に回る。自分は後回しにして、アリサは茉莉花《まりか》の髪にドライヤーを当てた。

「ありがとー」

気持ちよさそうに目を細める茉莉花《まりか》。

アリサは丁寧な手付きとは対照的に、険しい目付きで眉を顰《ひそ》めている。

「だから言ったのに……。こんな調子で明日は大丈夫なの？」

「一晩寝れば大丈夫だよー」

いつもと違う、間延びした口調で答える茉莉花《まりか》。瞼《まぶた》は塞がり掛け、今にも船をこぎ始めそうだ。

「スキンケアは……まだだよね」

「お風呂上《ふろあ》がりにちゃんとやったよー」

「ああ、もう！」

髪を掻《か》き毟《むし》り出しそうな声を出して——実際にはやらなかったが——アリサは鏡台《ドレッサー》の抽斗《ひきだし》からナイトクリームの容器を持ってきた。茉莉花《まりか》が洗面台で行うケアしかやっていないのが、明らかだったからだ。

アリサはクリームを自分の掌《てのひら》に取って、茉莉花《まりか》の顔と手に塗り込んでいった。

茉莉花《まりか》がくすぐったそうに笑い声を上げる。

アリサはさすがに苛立《いらだ》ちを隠せない。それでも手付きが乱暴になることはなかった。

「はい、終わり！　さっさと寝る！」

アリサは茉莉花《まりか》をベッドに押し上げて夏布団《ぶとん》を被《かぶ》せ、自分はドライヤーを持って脱衣所に逆戻りした。

髪を乾かし就寝前のスキンケアを終えて、アリサはベッドサイドに戻った。

照明は点《つ》いたままだったが、茉莉花《まりか》はすやすやと寝息を立てている。

「本当に、無理をするんだから……」

試合の前日にも拘《かか》わらず茉莉花《まりか》がこんなになるまで頑張っていたのは、エリカとレオ、二人の先輩に教わった魔法を一日も早く修得する為《ため》だった。

アリサが自重を促しても「せっかく教えてもらったんだから」と言って、茉莉花《まりか》は止めようとしなかった。焦《あせ》っている、というより義理堅さがそうさせているように、アリサには見えた。

そんなの気にする必要は無いのに、とアリサは思う。

だが、この親友が頑張らずにいられない性格だということも彼女は理解していた。

アリサは茉莉花《まりか》を起こさないように、そっとベッドに上がった。

「……アーシャ、ありがとー」

アリサが横になるのと同時に、茉莉花《まりか》があやふやな口調で呟《つぶや》く。

アリサはびっくりして、茉莉花《まりか》の顔をのぞき込んだ。

茉莉花《まりか》は気持ちよさそうに眠っている。

寝言だ。

アリサは「クスッ」と笑って、「お休みなさい」と言いながら部屋の照明を消した。

◇◇◇

「ミーナ、朝だよ。起きて」

身体《からだ》を優しく揺すられて、茉莉花《まりか》は目を開いた。

「今日は大事な試合の日なんでしょう?」

「試合!」

まどろんでいた意識が一気に覚醒して、茉莉花《まりか》はガバッと起き上がった。

「おはよう、ミーナ」

「時間は⁉」

ベッドのすぐ横に立って微笑《ほほえ》んでいるアリサに、茉莉花《まりか》は焦《あせ》った顔で問い掛ける。

「まだ六時十分」

茉莉花《まりか》が気の抜けた顔で胸を撫《な》で下《お》ろした。予選の受付開始は午前八時半、試合開始は九時半。ここから予選会場までは一時間掛からない。余裕で間に合う。

だが茉莉花《まりか》は「早すぎる」と文句を言わなかった。

「アーシャ、ありがとう。起こしてくれて」

普段であれば、とうに自分で起きている時間だ。今朝はアリサに起こしてもらわなければ寝過ごしていたという自覚が茉莉花《まりか》にはあった。

「どういたしまして。ミーナ、顔を洗ってきて。その間に朝ご飯の用意をするから」

「ＯＫ」と言いながらベッドを出て洗面所に向かう茉莉花《まりか》。その背中を「手を抜いちゃダメだよ」というアリサの声が追い掛けた。


予選の場所は東京《とうきょう》武道館。茉莉花《まりか》とアリサは八時前に到着した。

幸い雨は降っていなかった。ただ、快晴でもない。南の空に雲が多く見えるのは、南海を北上中の台風の影響だろうか。

一高でエントリーしている選手は全員、マジック・アーツ部の部員だ。この大会は出場を一週間前までにウェブで申し込み、当日の八時半から九時の間に予選会場で再確認受付《リコンファーム》を行わなければならない。一高の出場選手はその受付を全員一緒に行う為《ため》に、会場前で現地集合ということになっていた。

時刻はまだ八時前。受付開始まで三十分以上ある。再確認受付《リコンファーム》の手続きは簡単ですぐに完了するからそんなに早く来る必要は無い。茉莉花《まりか》は自分が一高で一番乗りだと思っていた。

予想どおり、会場の前はまだ人が疎《まば》らだった。

だが予想に反して、そこには一人、一高生が待っていた。

それに気付いた茉莉花《まりか》が慌てて駆け寄る。

「千種《ちぐさ》先輩!」

待っていたのは男子部部長の千種正茂《ちぐさただしげ》だった。

「すみません、遅くなりました!」

「まだ時間前だし、俺と遠上《とおかみ》さん以外はまだ来ていないんだから、謝る必要は無いよ」

現地集合時間は受付開始五分前、つまり八時二十五分ということになっていた。千種《ちぐさ》の言うとおり、まだ時間前で、しかも随分余裕がある。

「いえ、お待たせしてしまいましたから!」

「遠上《とおかみ》さんは体育会系だねぇ」

客観的な観察者のような顔で感心しているが、何十分も前から一人で待ち合わせ場所に立っている千種《ちぐさ》も大概だったと言えよう。

最後に千香《ちか》が東京《とうきょう》武道館の前に到着したのは八時二十八分。受付開始の二分前、集合時間の三分後だった。——まあこの程度なら、誤差の範囲と言って構わない。

一高から出場するのはマジック・アーツ部員男子四名。女子三名。事前に発表された関東《かんとう》州《しゅう》予選女子十八歳以下のエントリー総数は十五人。男子は二十五人だった。この競技の特殊性を考えれば、人口が多い東京《とうきょう》圏を抱えているとはいえこの程度だろう。なお魔法科高校の生徒は一高生だけだ。

上位四名が本選に出場できるので、女子は二回勝てば予選突破となる。運が良ければ一回だ。九時に再確認受付《リコンファーム》が締め切られた。女子十八歳以下部門に欠場者は無く、男子十八歳以下部門では一人の欠格者が出た。ウェブエントリーに不正があったのだ。

とはいえこれは、単なる余談だ。珍しくはあるが、大した事件では無い。再確認受付《リコンファーム》締切後すぐに、乱数プログラムによるトーナメント表の作成が行われ、九時十分に対戦組み合わせが発表された。

女子十八歳以下部門、一回戦は七試合。一人は戦うこと無く二回戦へ。その幸運な選手は一高女子部部長の千香《ちか》だった。

「部長さんとの対戦は準決勝だね」

トーナメント表を見て、どこかホッとした声でアリサが茉莉花《まりか》に話し掛ける。

「うん。横山《よこやま》先輩とも上手《うま》い具合にブロックが分かれたし、籤《くじ》運には恵まれたかな」

茉莉花《まりか》も素直に安堵《あんど》している。これで一高生同士が予選で潰し合う恐れは無くなった。

「茉莉花《まりか》、油断するなよ」

アリサと話している茉莉花《まりか》に、背後から近付いてきた千香《ちか》が活を入れる。

「はい」

茉莉花《まりか》の顔が引き締まった。

「うん、良い顔だ。茉莉花《まりか》の一回戦の相手は古武道で鳴らしたヤツだな。マジック・アーツに転向したとは知らなかったが、何でも『気』を使うらしい」

「『気』ですか……」

「オレも人伝《ひとづて》に聞いただけだが［幻衝《ファントム・ブロウ》］に似た技を使うそうだ」

「幻覚の痛みを与える無系統魔法でしたっけ」

「そうだ。幻覚だからと言って馬鹿にはできないぞ。痛みは行動を妨げる。反射的に動きが止まった隙を突かれて決定打を喰《く》らう、ということもあり得るからな」

「分かりました。気を付けます」

素直にアドバイスを受《う》け容《い》れた茉莉花《まりか》に頷《うなず》いて、千香《ちか》は応援に来ている同級生のところへ歩いて行った。

千香《ちか》が十分に離れたところで、茉莉花《まりか》がアリサに話し掛けた。

「アーシャ……魔法師じゃなくても魔法って使えるんだっけ？」

千香《ちか》の聞こえるところでは、彼女の言葉を疑うような質問はしにくかったのだろう。普通の気配りだった。

「何処《どこ》までを魔法と言うかによるだろうけど……無系統魔法なら、魔法師でなくてもかなりの程度まで再現できるそうだよ。ものによっては修行を積めば、魔法の資質が無くても、魔法師より上手に使いこなせるんですって」

「そうなんだ……」

「私たちと同年代で、そんな修行を済ませた人はいないと思うけどね」

「そうだね」

アリサの言葉は本心であり気休めでは無かったが、茉莉花《まりか》は心から納得し安堵《あんど》したようには見えなかった。

◇　◇　◇

初戦、茉莉花《まりか》は予想以上に苦戦していた。

対戦相手の羽田《はだ》選手は千香《ちか》から聞いたとおり「気」の遣い手だった。エントリー登録時の自己申告によれば『発気《はっき》の拳士』。

中途半端《ちゅうとはんぱ》に大陸武術を知っている茉莉花《まりか》は「発勁《はっけい》じゃなくて発気《はっき》なんだ……」と思った。だが彼女は、発勁《はっけい》が何かと訊《き》かれても答えられない。発勁《はっけい》も発気《はっき》も同じように理解不能なのだから、意味の無い疑問だった。

ただ原理は不明でも発気《はっき》がどのような効果をもたらすものなのかについては、対戦中にその身を以《もっ》て理解させられた。

理屈は分からないが、羽田《はだ》選手の攻撃はガードを透過するのだ。ガード越しにダメージを与えるのではない。ガードした腕は、相手の拳打をしっかり受け止めている。ガードが押し潰されて拳打の衝撃がその下に伝わってしまうのとは明らかに違う。ガードはしっかり保持されておりその下に隙間が確保されているにも拘《かか》わらず、拳打の延長線上にダメージが届いた。

ただ［リアクティブ・アーマー］は透り抜けなかった。前腕部のプロテクターに硬化魔法を作用させたケースでも、魔法の掛かりが弱ければダメージは透ったが、魔法が上手《うま》く掛かればシャットアウトできた。

エリカの［切陰《きりかげ》］は［リアクティブ・アーマー］を纏《まと》った茉莉花《まりか》を戦闘不能に追い込んだ。この事実に照らせば、羽田《はだ》選手の技はエリカが「陰の技」と呼んだ技術とは別物なのだろう。だが［切陰《きりかげ》］と羽田《はだ》選手の拳打には本質的な共通点があるように、茉莉花《まりか》には思われた。

試合中にそんなことを考えていたのも、まずかったのかもしれない。試合は長引き、途中かなり追い込まれる場面もあったが、最終的には試合時間八分で茉莉花《まりか》が羽田《はだ》選手をKOした。なお、決まり手に［リアクティブ・アーマー］は使わなかった。エリカに教わった［滑空］を使う場面も無かった。

そして試合後、茉莉花《まりか》は試合中の雑念について千香《ちか》からこっぴどい説教を喰《く》らった。

既に述べたとおり女子十八歳以下部門で魔法科高校から出場している選手は、一高の三人だけだ（女子だけでなく男子にも言えることである）。従って他の選手は魔法師としての資質が魔法科高校の入学選考基準に合わなかったか、古式魔法を選んで魔法科高校に進学しなかったか、そもそも魔法を使えないか。そのいずれかだ。

出場選手全体で最も多いのは古式魔法師の卵。次が魔法科高校に進学しなかった魔法資質保有者。以下魔法を始めとする異能力を持たない者（羽田《はだ》選手はこれに該当する）、魔法ではない異能の持ち主と続く。

茉莉花《まりか》の二回戦の相手、山崎《やまざき》選手は、その最後のカテゴリーであるマイノリティの異能者。サイキックだった。

この二回戦、茉莉花《まりか》は最初、苦戦というより戸惑っていた。動きがずれるのだ。自分が意図した足運び、体捌《たいさば》き、打撃が少しずつ、ずれていた。その所為《せい》で有効打が決まらない。見切りができずに躱《かわ》すつもりの攻撃をガードしなければならなくなる。そんな状態が開始から二分ほど続いた。

何か、からくりがある。自分が調子を崩しているわけではない。山崎《やまざき》選手が何か仕掛けている。それに茉莉花《まりか》が勘付いたのは、組み打ち主体にスタイルを変更した二分過ぎのことだった。

サブミッションを仕掛ける腕や足が外側に引っ張られるのを感じ取って、相手が念動力を使用していることにようやく気付けた。山崎《やまざき》選手がもっと強い念動力を使っていたら、より早い段階で分かっていただろう。

山崎《やまざき》選手はおそらく、敢《あ》えて出力を抑えることで念動力の行使を気付かれにくくしていたのだ。そうして茉莉花《まりか》に無駄な動きを強いて、スタミナを削ろうとしていたのに違いなかった。

その証拠に茉莉花《まりか》が念動力の影響を受けやすい細かい連打を捨てて、一撃の威力に重きを置いた打撃にシフトした後は、山崎《やまざき》選手も戦い方を変えた。マジック・アーツにおける念動力の使用方法としてはポピュラーな、茉莉花《まりか》の全身を突き飛ばしたり転倒させたりする攻撃に切り替えた。

マジック・アーツで魔法師とサイキックが戦った場合、完全思考操作型CADが普及する前はサイキックの方が有利とされていた。だがこのCADの普及で有利不利は逆転した。

CADを操作するタイムラグが消えたことで、魔法の発動とサイ能力の発動の速度差は無視できるまでに縮まった。そうすると、魔法師の抽斗《ひきだし》の多さがものを言う。マジック・アーツは試合中に使える魔法の種類を制限されているとはいえ、基本的に一種類、多くても三種類の能力しか使えないサイキックと魔法師とでは戦術の幅が違う。

この試合でもそれが、勝敗を分けた。

試合時間四分で、茉莉花《まりか》が準決勝に進出した。

「おめでとう。これで全国大会進出決定だね」

勝利を収めた茉莉花《まりか》の所へ観戦していたアリサが祝福にやって来た。

「ありがとう、アーシャ。明《めい》も応援に来てくれたんだね」

アリサは一人ではなく、隣に明《めい》を連れていた。

「おめでとう、茉莉花《まりか》。一回戦には間に合わなかったけど、今の試合は見せてもらったわ。マジック・アーツって、魔法師だけでなくサイキックの人もやっているのね」

完全思考操作型ＣＡＤが普及したことで、見ただけでは魔法師とサイキックの区別が付きにくくなった。だが明《めい》は、茉莉花《まりか》の対戦相手がサイキックだと数分見ただけで分かったようだ。

「少ないけどね。あたしが始めたばかりの頃は、もっとサイキックの選手もいたんだけど。思考操作型が普及してから段々減ってるんだ」

「何故《なぜ》？」

アリサが不思議そうに問い返す。

「サイキックの優位が薄れちゃったからでしょ」

しかし明《めい》は、説明されなくても理由が分かったようだ。

「完全思考操作型ＣＡＤが普及するまではＣＡＤの操作に手を動かさなければならなかったから、ＣＡＤを使わないサイキックがスピードの面で優位に立てた。でも思考操作型が普及して有利な点が無くなっちゃったということでしょ」

「……それまでもらえていたハンデが無くなったから止めちゃうというのは、何か違うと思うけど……。その人たち、本当にマジック・アーツが好きだったのかな」

明《めい》の解説を聞いて、アリサは納得いかないという顔で呟《つぶや》くように疑問を口にした。

「逆に言えば今でも続けている人たちは、本当に好きでやっているんだと思うよ」

茉莉花《まりか》のどこまでも前向きな意見に、アリサは「ミーナらしいな」と微笑《ほほえ》みを浮かべた。

人数の関係で女子より一試合多い男子十八歳以下部門の準々決勝が終わり、十八歳以下部門の全国大会出場者が決まった。一高の女子は三人とも無事に、全国に進むことができた。一方の男子は四人の内、三人が本大会進出、一人が予選敗退。準々決勝で一高生同士の対戦があった結果だった。

この結果に不平を鳴らしている一高生は、応援席にしかいなかった。選手は、負けた本人も含めて、不満を見せていない。この大会はこういうものだと受《う》け容《い》れていた。

「あくまでも個人戦だしね」

同士討ちについてアリサに訊《たず》ねられた茉莉花《まりか》は、あっけらかんとそう答えた。

「あたしも含めてこの大会に出ている選手の目標は日本一。勝ち進んでいけば、いずれ何処《どこ》かで対戦しなきゃならない。それが予選だったというだけだよ」

「……じゃあ次の試合で部長さんと戦うのも、全国で優勝する為《ため》のワンステップ？」

女子十八歳以下部門準決勝第一試合は、茉莉花《まりか》と千香《ちか》の対戦だった。

「ラッキーだったと思う」

そう言って、茉莉花《まりか》はアリサに背を向け、テーブルの上にある自分のヘッドギアを手に取った。

「ここで負けても全国大会で雪辱できるからね」

背中越しのセリフ。

そして腰の後ろでヘッドギアを持つ右手の手首を左手で掴《つか》み、上半身だけで振り返る。

「その代わり今日勝っても、もう一度戦わなきゃならないけど」

茉莉花《まりか》はそう言って前を向き、「じゃあ、行くね」という言葉と共に、準決勝のリングへ向かった。


茉莉花《まりか》と千香《ちか》、二人の一高生が準決勝のリングに上がった。

試合用ヘッドギアの、透明なフェイスシールド越しに二人の視線がぶつかり合う。部活では何度も立ち合っている二人だが、試合形式で対戦するのは久し振りだ。具体的には七月上旬に行われた三高との対抗戦直前に、最終仕上げとして試合形式の練習を行って以来だから約一ヶ月半ぶりか。

レフェリーの合図で二人が歩み寄り、互いに礼をする。

「茉莉花《まりか》、全力で来い」

顔を上げた千香《ちか》が、茉莉花《まりか》に話し掛ける。

「部長、全力で行きます！」

顔を上げた茉莉花《まりか》が、千香《ちか》に応えた。

レフェリーの右手が挙がり、勢い良く振り下ろされる。試合開始の合図だ。

その直後、茉莉花《まりか》がいきなり仕掛けた。

茉莉花《まりか》がリーチの長い前蹴りを中段に放つ。

千香《ちか》はバックステップしながらその蹴り足をキャッチしようとしたが、茉莉花《まりか》が足を引き戻す力の方が強かった。軸足一本で支えられている茉莉花《まりか》の体勢がまるで崩れなかった。

千香《ちか》の顔に意外感が過《よぎ》る。確かに彼女の受けは完全ではなかった。本来は相手の足首か、ふくらはぎを摑《つか》んで持ち上げるところを、腕を添えてすくい上げただけだ。

だが片足立ちの状態で足をすくわれれば後ろ向きに転ぶか、転ばないまでもよろめくのが普通だ。どんなに足腰が強くても、全く体勢に影響が無いというのは普通ではない。

茉莉花《まりか》は細かいステップで千香《ちか》が下がった分の距離を詰め、再び前蹴りを放った。前に出した足で繰り出す、ジャブのようなキック。それを素早く三連続で千香《ちか》のボディに打ち込む。軽い蹴りに見えたが、見た目を超える衝撃が千香《ちか》にダメージを与える。

それを無視できず、千香《ちか》は三発目の蹴りに、同じ前蹴りで応戦した。

キックが同時にヒットする。足から伝わる感触で、千香《ちか》は茉莉花《まりか》が何をしているのか覚《さと》った。

昨日、一昨日と、この後輩が取り組んできたことを、同じ場所で練習していた千香《ちか》は知っている。

合宿でレオから学んだ硬化魔法の修得。そしてエリカから学んだ自己移動魔法の練度向上。

この試合の冒頭で、茉莉花《まりか》が見せたものは後者だ。

自己移動魔法とは、自分の空間座標を操作する魔法。別の場所に移動することだけでなく、同じ場所に留まることも「自分の空間座標の操作」。

茉莉花《まりか》は自己移動魔法を使って自分を一箇所に固定しているのだった。


前蹴りが相討ちとなったところで、茉莉花《まりか》はいったん千香《ちか》から距離を取った。仕切り直しは千香《ちか》も望むところだったようで、互いに弧を描きながら相手の隙をうかがう。

油断なく千香《ちか》を観察しながら、茉莉花《まりか》は「もう覚《さと》られちゃったかぁ」と意識の片隅で考えていた。

この試合を茉莉花《まりか》は、テーマを持って戦っていた。勝負を捨てたわけではないが、勝敗よりもそちらを優先するつもりだ。

アリサにも明言したように、茉莉花《まりか》の目的はあくまでも全国大会で優勝すること。この試合で負けても、本大会進出はもう決まっている。本大会の組み合わせも完全にランダムな抽選だから、準決勝で負けても不利にはならない。

それよりも、千香《ちか》という強敵を相手にこの戦い方が通用するのかどうか、練習ではなく試合で確かめておく方が全国大会を勝ち抜く為《ため》には重要だと茉莉花《まりか》は考えているのだった。

先週の合宿で出会った卒業生、千葉《ちば》エリカとの立ち合いは、茉莉花《まりか》の心に強烈な衝撃を与え、鮮烈な印象を深く刻み込んでいた。

自分と四歳しか違わない大学生。だが千葉《ちば》エリカの技は、とてもそうとは思われぬほど洗練されていた。「武」の深みを感じた。

おそらく生死を懸けた修羅場をくぐり抜けてきたのだろう、と茉莉花《まりか》は思う。彼女は命懸けの戦いを経験するどころか、間近に見たこともない。だから「生死を懸けた修羅場」というのは、単なる想像でしかないのだが。

ただあの立ち合いで覚えた戦慄は、想像ではなくリアルな体験だった。剣術と徒手格闘術、修める技に違いはあるが、茉莉花《まりか》にはエリカが自分の目指すべき一つの頂《いただき》に思われた。要するに茉莉花《まりか》は、エリカの技に当てられたのである。酔わされた、と言う方が適切かもしれない。

この三日間、エリカに告げられた言葉が茉莉花《まりか》には忘れられずにいた。今もまだ意識に留まり続けている。

——絶対的な防御手段は無い。

——自分の強みは防御力にものを言わせた積極的な攻撃。

一見、相反するアドバイスに思われる。だがエリカが何を言いたいのか、茉莉花《まりか》は理解していた。あるいは、理解している気になっていた。

自分の「鎧《よろい》」を信じて、相手に攻撃を叩《たた》き込め。「鎧《よろい》」の守りを突破される前に、敵を倒せ。

茉莉花《まりか》はエリカの教えを、こう解釈していた。

この試合で茉莉花《まりか》が試しているのは、この解釈に基づく攻撃重視戦術だ。一歩間違えば自殺突撃の特攻戦術につながりかねない、攻撃されることを織り込んだ上での、より強い一撃を繰り出す戦い方。

判定負けがあるマーシャル・マジック・アーツでは通用しない戦術だということは、百も承知だ。その上で、茉莉花《まりか》は自分が何処《どこ》までやれるか試してみることにしたのだった。

強い打撃には強い反動が伴う。大口径の重砲には重く丈夫な砲台が必要になるように、一撃の威力を高める為《ため》には強固な土台が必要だ。

それを得る為《ため》に何をすれば良いのか。王道は足腰を鍛えることだろう。だがそれは既にやっていることだし、今以上を望むなら年単位のトレーニングが必要だ。目前に迫っている全国大会までにできることは何か。

茉莉花《まりか》が出した答えは「魔法で自分の身体《からだ》を固定する」だった。固定すると言っても手足が動かないように拘束するのではない。

原理的には、インパクトの瞬間に自分の全身をがっちりとロックすることで打撃の威力を最大限にまで高められるだろう。だが次の瞬間、動けなくなるハイリスク・ハイリターンな一撃。そんな綱渡りじみた技を短期間で身に付けられると考えるほど茉莉花《まりか》は自分を過信していないし、楽観的でもなかった。

その代わり反動で身体《からだ》が下がらないように、軸がぶれないように、自分の空間座標を固定する。エリカに教わった［滑空］の応用だ。この魔法で反動を受け止め、パンチやキックの威力を逃がさず百パーセント相手に伝える。

自己移動魔法を移動しない為《ため》に使う、発想の逆転。技術的にはそれほど難しくはない。ただ柔軟な発想が必要だ。この応用技術を茉莉花《まりか》は一人で見つけ出し、実践しているのだった。

実際にやってみて、手応えはあった。ジャブのような軽い蹴りが、全力の前蹴りに近い威力を発揮したという実感があった。

ただ相手のカウンターがもたらす衝撃も、何時《いつ》もよりずっと大きかった。少し考えれば分かる道理だが、茉莉花《まりか》は計算に入れていなかった。

うっかりしていた、と認めざるを得ない。身体《からだ》を止めて攻撃する時には、シールド魔法か硬化魔法の併用を忘れないようにしなければ、と茉莉花《まりか》は心に留めた。

二人が睨《にら》み合《あ》っていた時間は、十秒に満たなかった。元々試合時間が短いマジック・アーツだ。様子見で静かな局面が続くという展開は、余り無い。

今度は千香《ちか》が仕掛けた。ローキックをフェイントに使って、茉莉花《まりか》がガードに足を上げ掛けたところで一気に距離を詰める。打撃重視の戦術を採っている茉莉花《まりか》に、千香《ちか》はサブミッションを仕掛けた。

敢《あ》えて相手に得意技を出させた上で叩《たた》きのめし、自分の強さを誇示するという戦い方も確かにある。だが相手に力を発揮させないように戦うのが、正統的な戦術だ。敵が打撃戦を望んでいるなら固め技の戦いに持ち込んで、相手のリズムを崩す。原則に忠実な試合運びと言える。

タックルを仕掛ける千香《ちか》。だが茉莉花《まりか》は足を拘束され体重を掛けられても倒れなかった。

（移動魔法による体勢維持か！）

茉莉花《まりか》がびくともしない理由を、千香《ちか》はすぐに察した。

千香《ちか》と茉莉花《まりか》の動きが止まる。

茉莉花《まりか》が千香《ちか》の背中、首のすぐ下を狙って鉄槌《てっつい》――拳の小指側を使った打ち下ろし――を落とす。

その攻撃を読んでいた千香《ちか》は、タックルを仕掛けた腕を解いて自ら床に伏せた。

茉莉花《まりか》の鉄槌《てっつい》は空振りに終わる。

跳ねるように立ち上がった千香《ちか》は、茉莉花《まりか》に絡《から》み付《つ》いた。

倒すのでは――動かすのではなく、立ったまま茉莉花《まりか》の背後に回る。

スタンディングのサブミッション。これなら相手を動かせなくても問題は無い。

絞め技を狙い、茉莉花《まりか》の首に巻き付く千香《ちか》の腕。軸足を固定した状態では上手《うま》く振りほどけないと判断した茉莉花《まりか》は、移動魔法を中止した。

［滑空］もそうだが、継続的な魔法は発動時間を短く設定し頻繁に更新を行うのが現在の主流。この方式で飛行魔法が実現して以来のトレンドだ。

だがそれは千香《ちか》に読まれていた。否《いや》、誘導されていたと言うべきか。茉莉花《まりか》は千香《ちか》に組み付かれたまま寝技に引きずり込まれた。

茉莉花《まりか》は寝技を苦にしていないが、どちらかと言えば打撃技を得意とするストライカータイプ。千香《ちか》も同じタイプだ。

経験による抽斗《ひきだし》の数の違いは得意分野よりも苦手分野、良く使う技よりも余り使わない技に表れる。部内の練習試合でも、茉莉花《まりか》は千香《ちか》の寝技に苦杯を喫することが多い。

千香《ちか》のサブミッションから脱出するだけならば、［リアクティブ・アーマー］を発動して絡《から》み付《つ》く手足を押し退ければ良い。だがその外し方は千香《ちか》も良く分かっている。［リアクティブ・アーマー］頼りでは、離れ際に［イフェクティヴヒット］を何発も喰《く》らってしまうのが目に見えていた。

魔法の使用が認められている徒手格闘の試合で一方が魔法シールドの中に閉じこもってしまうと、何時《いつ》までも勝負が付かないという事態が生じかねない。これを避ける為《ため》にマーシャル・マジック・アーツでは、魔法シールドを使わなかったならば有効打となった攻撃に一から三のポイントを与え、累積ポイントが十になった時点でポイントを取られた方をテクニカルKO負けとするルールが定められている。

　この有効打が「イフェクティヴヒット」。「ヒット」と言っているが、打撃技だけでなく投げ技にもポイントが認められている。なお固め技——絞め技と関節技——は、イフェクティヴヒットとは見做《みな》されない。

「リアクティブ・アーマー」は強力な魔法だ。対人レベルの攻撃であれば、ほとんど完全に無力化してしまう。ただマジック・アーツの試合では、堅牢すぎる点がネックともなる。

　障壁が強力すぎて、魔法で多少威力を上げた程度のパンチやキックでは攻撃されていること、に気付かないということが実際にあるのだ。つまり何時《いつ》の間《ま》にかポイントを取られて、テクニカルKO負けを喫してしまったりする。

　日頃から何度も対戦している所為《せい》か、千香《ちか》は茉莉花《まりか》をテクニカルKOに追い込むのが上手《うま》い。茉莉花《まりか》は通常のテクニックを駆使して、何とか「リアクティブ・アーマー」を使わずに千香《ちか》の寝技から逃れた。

「跳躍」の魔法を使って素早く立ち上がり、同時に距離を取る。仕切り直しだ。たださっきと同じ戦い方は、再びスタンディングサブミッションの餌食《えじき》になる恐れがある。カウンターに続いて新たな課題を茉莉花《まりか》は学んだ。

　茉莉花《まりか》と千香《ちか》の試合は、十分を超える大勝負となった。

「……お疲れ様。残念だったね」

そして最後は、アリサのこの言葉から分かるとおり、茉莉花《まりか》の敗北で幕を閉じた。

試合時間十三分。千香《ちか》のテクニカルＫＯ勝利。

茉莉花《まりか》は十分に注意していたのだが、最後の最後で千香《ちか》の罠《わな》に嵌《は》まった格好だ。

「く――――っ」

「ど、どうしたの、ミーナ」

茉莉花《まりか》が突然見せた謎反応に、オロオロするアリサ。

「く、くやしーぃぃぃ！」

「…………」

茉莉花《まりか》が絞り出した声に、アリサの顔から表情が抜け落ちた。

「……凄《すご》いためだったわね」

アリサの横にいた明《めい》が、呆《あき》れ声でポツンと呟《つぶや》く。

「……そう」

アリサは茉莉花《まりか》に、その一言だけをようやく返した。

「そうだよ！　気を付けていたのに！」

茉莉花《まりか》は地団駄を踏みかねない勢いで叫んだ。いや、叫んだ後、実際にドンと足を踏み鳴らした。

「気を付けていたって、ＴＫＯを？」

反問形式の相槌《あいづち》を打つアリサ。セリフ自体はきちんと茉莉花《まりか》に寄り添うものだが、口調は平《へい》坦《たん》で感情がこもっていなかった。

「うん。ホント、口惜《くや》しいったら！」

もっとも茉莉花《まりか》がそれを気にしている様子は無い。もしかしたら気付いていないのかもしれない。

「じゃあ、全国大会ではもっと気を付けないとね」

「そうだね。良い勉強になったよ」

急に落ち着いた口調になる茉莉花《まりか》。

その急激な温度差に、明《めい》は呆《あき》れ声で「気が済んだみたいね……」と呟《つぶや》いた。

なお関東州《かんとうしゅう》地区予選、女子十八歳以下部門は千香《ちか》の優勝で幕を閉じた。

【7】決戦前

全日本マーシャル・マジック・アーツ大会の地区予選は各地区で同時に行われた。北陸道《ほくりくどう》女子十八歳以下部門では、一条茜《いちじょうあかね》が順当に優勝を飾り全国大会に進出した。

一夜明けた八月二十四日、月曜日。

三高の武道場では昨日の今日であるにも拘《かか》わらず、茜《あかね》が従妹の一条《いちじょう》レイラ——その正体は一《いち》条家《じょうけ》当主の弟に養子入りした元大亜連合《だいあれんごう》の国家公認戦略級魔法師・劉麗蕾《リウリーレイ》である——を相手に組手で汗を流していた。

「茜《あかね》、一休みしましょう」

額に汗を浮かべたレイラが休憩を提案する。

「うん、そうだね」

マットの上で大の字になった茜《あかね》が笑顔で頷《うなず》いた。彼女はレイラに投げられたところだった。

レイラが手を差し伸べ、その手を借りて茜《あかね》が起き上がる。

組手中の他の部員を避けて、二人は壁際《かべぎわ》に移動した。

茜《あかね》が自分のバッグの横にぺたんと座り込み、レイラがその隣に腰を下ろす。

茜《あかね》は割座《わりざ》——所謂《いわゆる》「女の子座り」——で、レイラは膝を手で抱え込まない緩い体育座りだ。

茜《あかね》はバッグから飲み物を取り出して喉を潤し、レイラはタオルで汗を拭いている。

もっともこれは順番の違いでしかなく、ボトルを床に置いた茜《あかね》はタオルを、タオルを首に掛けたレイラはスポーツ飲料のボトルを、各々《おのおの》のバッグから取り出した。

「茜《あかね》、他の地区の結果は見ましたか？」

「んーっ、関東では遠上《とおかみ》さんが順当に勝ち抜いたみたいだね」

——最初の「んーっ」は伸びをした声である。念《ねん》の為《ため》。

「全国で対戦できると良いなぁ。今度はすっきりした試合にしたいね」

「……先月の対抗戦のことをまだ気にしているのですか？」

レイラが眉を曇らせて問い掛ける。

七月の上旬に行われた一高との対抗戦で茜《あかね》は茉莉花《まりか》と対戦した。白熱した試合は、一条家《いちじょうけ》が旧第一研から引き継いだ体液干渉魔法の一つ［生体液震《オーガン・クエイク》］によって茜《あかね》が勝利を収めた。しかし試合直後に茜《あかね》は決まり手となった魔法について、一高の生徒から「危険度が高い魔法の使用を試合で禁じている安全規定に違反している」と責め立てられた。レイラに言わせればあの一高生の糾弾は言い掛かりなのだが、あの時、茜《あかね》はその「言い掛かり」にショックを受けていた。

「気にしていないと言ったら嘘《うそ》になるよ。十文字《じゅうもんじ》さんの指摘には一理あるしね」

その試合で「茜《あかね》を糾弾した一高生」はアリサだ。

「しかし茜《あかね》。［生体液震《オーガン・クエイク》］は今でも禁止リストに入っていませんし、遠上《とおかみ》さん本人は納得していましたよ」

「ルールブックに書かれていないからといって何をしても良いわけじゃないよ。フェアプレー精神は守らないとね」

「そうなのですか……？」

茜《あかね》の言う「フェアプレー精神」は、レイラにはピンと来なかったようだ。

「禁止事項を明確に定めてこそ、フェアな試合が成り立つと思うのですけど」

茜《あかね》とレイラの意見の違いは、不文律を重視するか成文律を重視するかのスタンスの違いだ。

成文法だけでは現実社会の多様性に対応しきれない。対立を生み出す可能性のある一切の事項に成文法で縛りをかけようとすれば、待っているのは窮屈な戒律主義か全体主義の社会だ。

一方、不文律は恣意性のリスクから逃れられない。不文法が際限なく拡大したら、一握りのエリートが思うがままに社会を動かす僭主《せんしゅ》政治、黒幕社会の出来上がりだ。あるいは暗黙の了解が幅を利《き》かせる、空気を読むことを強制される社会か。

要するに茜《あかね》もレイラも、二人とも間違ったことは言っていない。また、どちらが正しいわけでもなかった。

「……とにかく、今度はすっきり勝つよ。もっとも、トーナメントだからね。必ず対戦できるとは限らないんだけど」

茜《あかね》は「すっきりした試合をする」ではなく「すっきり勝つ」と言ってこの話題を切り上げ、

練習に戻るべく立ち上がった。

◇　◇　◇

一高の第二小体育館――「闘技場」とも呼ばれる、武闘系のクラブが主に使用している体育館――でも三高同様、昨日試合をしたばかりのマジック・アーツ部員が鍛錬に励んでいた。ただ一高の部員は組手ではなく、型の練習とダミーを相手にした技の稽古《けいこ》を行っている。この辺りは同じ競技でも組織の個性が表れる、面白いところだ。

茉莉花《まりか》はダミー人形を相手に打ち込みを行っていた。他の部と共用している一高のダミーには、合成ゴムに衝撃吸収材と高粘度液体を詰めた実体の人形と、拡張現実《AR》ムービーシステムによって攻撃と回避の動作を見せる虚像の人形の二種類がある。今、茉莉花《まりか》が相手にしているのは、前者の実体人形だ。

「茉莉花《まりか》。お前、さっきから何をやっているんだ？」

ダミーを相手に単純な正拳突きを繰り返す茉莉花《まりか》に、背後から近寄ってきた千香《ちか》が訝《いぶか》しげに訊《たず》ねる。

千香《ちか》が不審を懐《いだ》くのも不思議なことではなかった。茉莉花《まりか》が行っている突きの練習は、威力やスピードを鍛えるものではない。それにしては力がこもっていないし、威力が目的なら人形よりもサンドバッグの方が向いている。スピード目的ならARの方を使うべきだ。

「あっ、すみません。使いますか？」

手を止めて振り返った茉莉花《まりか》の謝罪は、ダミーが空く順番を千香《ちか》が待っていたと誤解してのものだった。

「いや、何をしているのか訊《き》きたかっただけなんだが……」

「えっ、あの、ははは……」

千香《ちか》の再質問に、茉莉花《まりか》は明らかな誤魔化し笑いを返した。

「言いたくないなら無理には訊《き》かないが」

千香《ちか》は呆《あき》れ顔《がお》を茉莉花《まりか》に向けた。

「千葉《ちば》先輩の『陰打ち』を再現しようとしているんでしょう？」

そこに男子部部長の千種《ちぐさ》が割り込む。

「『陰打ち』？　そうなのか、茉莉花《まりか》？」

「いえ、あの、あははは……」

厳しい目付きで千香《ちか》に問われ、茉莉花《まりか》の誤魔化し笑いに含まれる焦《あせ》りの色が濃くなった。

「そりゃ無茶だろう……。全国大会は六日後だぞ」

厳しく責めるのではなく穏やかに諭す口調で千香《ちか》が茉莉花《まりか》を叱る。

「どうせなら西城《さいじょう》先輩に教わった硬化魔法の練習をするべきだろう？」

「はい……」

小さくなって頷《うなず》く茉莉花《まりか》。千香《ちか》のセリフは一から十まで道理だった。

「まあまあ。そう頭ごなしに否定するものじゃないぞ、北畑《きたはた》」

しかし仲裁に入った千種《ちぐさ》が茉莉花《まりか》を弁護した。

「遠上《とおかみ》さんは昨日の羽田《はだ》選手との試合で、何かを摑《つか》んだんじゃないかな。そういう時に居ても立ってもいられない気持ちは、北畑《きたはた》にも分かるだろう」

「……茉莉花《まりか》、そうなのか」

「はい、あの、ですね。羽田《はだ》選手のダメージがガードを透過してくる技が、千葉《ちば》先輩の技に似ている気がしまして……」

「ガードを透過？」

千香《ちか》が千種《ちぐさ》に目を向け、「そんなものがあるのか？」と目で訊《たず》ねた。

「古式にそういう技術があるという噂《うわさ》は聞いたことがあるな。［幻衝《ファントム・ブロウ》］と同じ原理でダメージを錯覚させているのか、それとも実際に、拳を介さずダメージを直接与えているのかは分からないけど」

「否定はできない、か……」

顎に手を当てて考え込む千香《ちか》。茉莉花《まりか》は神妙な表情で沈黙を守っている。

「今日上手《うま》く行かなくても、自分で気付いて自分で試してみたことは決して無駄にはならない。

結局失敗に終わっても、後々何かの糧《かて》になるものだ。そうだろう？」

「そう、だな……。茉莉花《まりか》」

千種《ちぐさ》の言葉に頷《うなず》いた千香《ちか》が、改めて茉莉花《まりか》の名を呼んだ。

「はい！」

茉莉花《まりか》が鯱《しゃちほこ》張った姿勢を取った。

「メリハリを付けろよ。今日で目処《めど》が立たなかったら『陰打ち』のことは全国大会が終わるまで、いったん忘れろ」

「分かりました」

茉莉花《まりか》が深く、勢い良く頭を下げる。

千香《ちか》が立ち去ったのを確認して、茉莉花《まりか》はホッとした表情で顔を上げた。

◇　◇　◇

中二階の立ち見席では、アリサが小型ビデオカメラを手に茉莉花《まりか》を見守っていた。

部長二人との話が終わり練習を再開した茉莉花《まりか》に、アリサはカメラを向ける。

撮影中のアリサに、一人の男子生徒が歩み寄った。

「十文字《じゅうもんじ》さん、何してるの？」

アリサはモニターから目を離し、カメラを茉莉花《まりか》に向けたまま声の方へ振り向いた。

「誘酔《いざよい》先輩、こんにちは。御覧のとおり、ビデオを撮っています」

まさしく「御覧のとおり」。

考えようによっては無愛想な受け答えだが、早馬《そうま》は気にしなかった。

「遠上《とおかみ》さんの練習を手伝っているんだね」

「はい」

またしても愛想《あいそ》に欠ける答え。だがこれは早馬《そうま》の訊《き》き方も悪いだろう。試合ならともかく、アリサがビデオに撮っているのは練習風景だ。アルバム的な記録でなければ、練習の参考資料としか考えられない。

「心境の変化？」

「……すみません。意味が分からないんですが」

アリサが真顔で首を傾《かし》げる。今日初めてアリサと早馬《そうま》の目が合った。これは、ようやく会話らしくなったと言えるのだろうか。

「前は格闘技を見るのが苦手だったでしょう。練習でも、大きな抵抗があったんじゃない？　だから少なくともマジック・アーツに対しては、何か心境の変化があったのではないかと思って」

「ああ、なる程。そういうご質問なのですね」

質問の意図を理解した証《あかし》に、アリサはハッキリと頷《うなず》いた。

「争いごとは今でも苦手です。マジック・アーツのことも、平気になったわけではありませんよ」

早馬《そうま》がアリサに「だったら何故《なぜ》？」という目を向ける。

「でもミーナが頑張っているから。私もできることで、応援してあげたくて」

「そうなんだ。十文字《じゅうもんじ》さんらしいね」

早馬《そうま》は別に、心にもないお世辞を言ったつもりはない。

「私らしいって、どういう意味でしょう？」

だから小首を傾《かし》げたアリサの質問は意外なものであり、戸惑いを覚えた。

「……友達想《おも》いで立派だという意味だよ」

「確かに私はミーナのことを一番大切に想《おも》っていますけど、それって立派と言うほど特別なことなんでしょうか？」

「……何故《なぜ》そんなことを？」

今度は早馬《そうま》が「訳が分からない」という顔で質問をする番になった。

「私にとっては、ミーナに――親友にできる限りのことをしてあげるのは当然だったものですから。立派だと一々感心される程、特殊なことかと思いまして……。すみません、ふと疑問に思っただけです。気にしないでください」

そう言ってアリサは、ビデオカメラのモニターに視線を戻した。

それ以上の会話を続ける切っ掛けを、早馬《そうま》は見付けられなかった。

◇　◇　◇

茉莉花《まりか》が他の部員と共に練習を切り上げたのは午後四時前だった。茉莉花《まりか》だけでなく他の部員も、気持ち的にはまだまだ物足りない様子だった。だがコンディションを崩しては元も子もないと、男子部部長の千種《ちぐさ》が全体にブレーキを掛けたのだ。

アリサは茉莉花《まりか》と一緒に帰りの個型電車《キャビネット》に乗り、そのまま茉莉花《まりか》の部屋に寄った。寄っただけで、今日は泊まる予定にはしていない。

茉莉花《まりか》は制服を着替えもせずに、アリサが撮影に使用したビデオカメラをプレーヤーに有線でつないだ。

クッションを敷いた床にアリサと仲良く座り、音声コマンドでHAR《ハル》――ホーム・オートメーション・ロボットに、録画の再生を命じる。

しばらく無言で動画を見詰めていた茉莉花《まりか》が、突然「ここだよ！」と声を上げた。

「この時は良い感じだったんだけどなぁ。でも何か、あと一歩足りないって感じで」

それは午後二時頃の映像だった。千香《ちか》の注意を受けたのが昼食後、練習を再開してすぐの午後一時過ぎだから、約一時間ぶっ通してダミーを叩《たた》いて疲れで手足が動かなくなり始めた頃だ。

「この後は？」

アリサが質問している内にも再生は進む。

「何か違《なーん》うって感じ。全くの的外れでもないけど、ズレが縮まらないと言うか」

「ふーん……。肉体の動きじゃないんだよね？」

「うん、違うよ。パンチのフォーム自体は、さっきのより少し前の方が良いもん」

「うーん……。まだ途中だけど、キルリアンモードに変えてみる？」

アリサが使っていたビデオカメラには、想子《サイオン》を可視化するキルリアンフィルターを通した映像を同時撮影する機能が備わっていた。想子《サイオン》が映らない通常モードと想子光《サイオン》が可視光化されるキルリアンモードは一つの映像に重ねて記録され、プレーヤーの機能が対応していればモードを選んで再生できる。

もちろん茉莉花《まりか》の部屋のプレーヤーはキルリアンモードを再生可能だった。

「そうだね。今のところの、少し前からモードを替えて見てみるよ」

茉莉花《まりか》が巻き戻しと――この言葉はビデオ機器がテープを使っていた百年前の名残だ――モード切替《きりかえ》と再生をHARに命じた。

食い入るように画面を見詰める茉莉花《まりか》と、同じように真剣な表情で見入るアリサ。

問題のシーンが過ぎて一分ほどが経過したところで、アリサが「あっ……」と小さな声を漏らした。

「ストップ！」と茉莉花《まりか》が再生の停止を命じる。画面はポーズが掛かった状態に移行した。

「何か分かったの!?」

茉莉花《まりか》が兎《うさぎ》を前にしたライオンのような勢いでアリサに詰め寄る。

「分かった……とは言えないけど。何となく……」

「何となく!?」

肩に手を掛け、ますます距離を縮める茉莉花《まりか》に、アリサは「怖いよ、ミーナ」と、割と本気で訴えた。

「うっ、ごめん。……それで？」

茉莉花《まりか》の剣幕、と言うか勢いは緩和されたが、詰めた位置関係はそのまま。

近すぎる距離から自分を見詰める眼差《まなざ》しに、アリサは無意識的に身を引いた。

ところで今の二人は、茉莉花《まりか》が中腰でアリサの両肩に手を置き、アリサは後ろに両手を突いた体勢だ。

その状態でアリサが身を引いたことにより、茉莉花《まりか》の両手は瞬間的に押し返してくる抵抗を失った。

「わわっ!?」「きゃ！」

その結果、中腰になっていた茉莉花《まりか》の姿勢が崩れ、アリサの上にのし掛かってしまう。アリサも茉莉花《まりか》の勢いを支えきれず、床に押し倒された。

「…………」

「…………」

思い掛けない展開で抱き合う格好になった二人は、暫《しば》し言葉を失う。

「……重いよ、ミーナ」

「何をぅ！」

全く苦しそうに聞こえない声で抗議するアリサと、ふざけた口調で怒りを示す茉莉花《まりか》。

二人はその体勢のまま、唐突に笑い出した。

笑いを収め、起き上がり、仕切り直した二人は停止中の録画映像に目を戻した。

「──アーシャ。何でも良いから、気付いたことを教えて」

真剣な目で茉莉花《まりか》が答えを請《こ》う。

「うん……」

アリサは躊躇《ためら》いがちに口を開いた。

「……他の時に比べて、想子《サイオン》の色が薄いような気がする」

「想子《サイオン》の量が少ないってこと？」

「ううん。色が付いていないって言うか、透明感があるって言うか」

自信なげにアリサは言う。

茉莉花《まりか》も理解できずに首を傾《かし》げた。

「想子光《サイオン》の色が薄いのは、密度が低いことを表しているんじゃなかったっけ？」

「うん……そうなんだけど、今の映像は違う気がする」

「違うって？」

「何て言うか……何と言えば良いのか……」

アリサは瞳を忙《せわ》しなく動かして、何処《どこ》にも書かれていない答えを探す。

「えっと……想子《サイオン》の質が変わった？　質が向上した、感じ？」

その末に、自分の中から答えを絞り出した。――やはり自信なげに、疑問形ではあったが。

「うーん……」

今度は茉莉花《まりか》が顔を顰《しか》めて考え込む。

「……ダメだ。全然実感無いや」

そして「お手上げ」という感じの、気が抜けた声を上げた。

「ねぇ、ミーナ。私、思うんだけど……」

「うん、何？」

次の言葉を躊躇《ためら》っているアリサに、茉莉花《まりか》が笑顔で続きを促す。

「今は取《と》り敢《あ》えずこの技術のことは忘れて、別のことに努力を振り向ける方が良くないかな？

西城《さいじょう》先輩の［バダリィフォージング］もまだまだなんでしょう？」

アリサの指摘に茉莉花《まりか》は「うっ……」と怯《ひる》んだ。

「あれこれ手を出して中途半端《ちゅうとはんぱ》になるのが、一番ダメだと思うよ」

「う～っ」

茉莉花《まりか》が苦悩の表情で考え込む。

そんな彼女をアリサは無言で見守る。

やがて、唸《うな》るのを止めて茉莉花《まりか》は顔を上げた。

「……分かった。まずは西城《さいじょう》先輩の魔法に集中するよ」

「そうだね。その方が良いと思う」

茉莉花《まりか》が録画の再生を止めて、ビデオカメラとプレーヤーを結んでいるコードを外した。

しかしカメラを見る茉莉花《まりか》の目には、まだ未練が残っているようにアリサには思われた。

◇◇◇

夕食後、アリサは旧第十研の訓練所を訪れていた。

もう一時間近くになるだろうか。

的に向かってシールドを飛ばす。アリサの苦手な［攻撃型ファランクス］の訓練だ。

訓練に使っている的は受けた衝撃を重量に換算して表示する仕組みになっている。その数値がこの訓練の基準値をクリアしたのを見て、アリサは口元を綻《ほころ》ばせた。

不意に背後で、拍手が鳴った。アリサが慌てて振り向く。

「克人《かつと》さん……」

「驚かせて済まない。訓練に集中していたので、声を掛けるのは控えていた」

背後の見学ゾーンには何時《いつ》の間《ま》にか、十文字《じゆうもんじ》家《け》当主でアリサの異母兄の克人《かつと》が立っていた。

克人《かつと》は別に、こっそり忍び入ったのではない。彼が言ったように、アリサは訓練に意識を集中していて気が付かなかったのだ。

「お仕事は終わったんですか？」

最近克人《かつと》は仕事で外出することが多い。アリサが訓練所に入った時点では、彼はまだ帰宅していなかったはずだ。

「今日の仕事は終わりだ。最近、訓練を見てやれなくて済まん」

「いえ……。克人《かつと》さんは十師族《じゆつしぞく》のお仕事でご多忙ですから……」

最近、十師族《じゆつしぞく》が処理しなければならない事案が発生して、克人《かつと》がそれに忙殺されていることを、アリサは義母の慶子《けいこ》から聞いていた。

ただこうして向かい合っていても、その疲れを垣間見せることすらない。何時《いつ》見ても堂々と、どっしりと構えていて身内を不安にさせない。克人《かつと》のこういうところは、アリサも素直に凄《すご》いと思っていた。

「あの、何時《いつ》から御覧になっていたんですか？」

別に疚《やま》しいことをしているわけでもないし、だらしない姿を曝《さら》したつもりもないが、気付かない内に見られていたというのは、やはり少し恥ずかしかった。

アリサに問われて、克人《かつと》は壁の多機能パネルではなく手首の腕時計に目を落とした。

「十五分……いや、二十分ほど前からだ」

アリサは「えっ⁉」と声にせずに呟《つぶや》いた。そんなに長い時間、しかもこれ程の存在感を放つ異母兄に見られていたのを気付かなかったなんて……と、ショックを受けたのだ。視線に鈍感な方だという自覚はあるが、それにしたって限度があると自分に呆《あき》れた。

「今の攻撃型は上出来だった。もう少し連射性を高めれば、十文字家《じゆうもんじけ》の魔法師として戦力に数えられる」

「ありがとうございます」

笑顔で御礼《おれい》を述べたものの、アリサの内心は複雑だった。否《いや》、嬉《うれ》しくなかったと言い切った方が正確か。アリサは戦力になどなりたくないのだから。

「攻撃型に対する心理的な抵抗を克服できたようだが、心境の変化があったのか？」

アリサが「攻撃型ファランクス」を上手《うま》く発動できないのは、心理的な要因が大きい——。

それは以前から聞かされていたことだった。また、アリサ自身にも思い当たる節が多々あった。

他人を傷つけるとか自分が傷つけられるとか以前に、戦いそのものがアリサは苦手だった。多少緩和されたとはいえ、それは今でも変わらない。

「……頑張っている友達を見て私も、と思ったんです。何時《いつ》までも、足踏みしてはいられないなって」

「ふむ」

その「友達」が茉莉花《まりか》のことを指していると、克人《かつと》はすぐに察した。アリサにも隠すつもりは無かった。

だが克人《かつと》は茉莉花《まりか》の名前を口にしなかった。

「切磋琢磨《せっさたくま》できる友人は得難《えがた》い。これからも大切にすることだ」

ただ一般論として、そう告げただけだった。

「そうします」

アリサが、今度は内心と齟齬《そご》の無い微笑《ほほえ》みを浮かべた。

茉莉花《まりか》との友情が、一般的な基準に照らしても得難《えがた》いものだと、茉莉花《まりか》は一般的な基準でも大切な友達だと克人《かつと》に太鼓判を押されたような気がして、アリサは嬉《うれ》しかった。

◇◇◇

二十五日の火曜日は、朝から雨が降っていた。台風の影響が、東京《とうきょう》にも遂《つい》に及んだようだ。

茉莉花《まりか》は他の部員と一緒に、演習室で練習をしている。

人数と演習室の広さの関係で茉莉花《まりか》の練習を見学できなかったアリサは、図書館の自習室で一般科目の課題に取り組んでいた。

「十文字《じゅうもんじ》さん」

自習室に来ておよそ三十分。化学の練習問題を解いていたアリサは、聞き覚えのある声に顔を上げた。

「唐橘《からたちばな》君、お久し振り」

アリサに声を掛けたのは役《まもる》だった。五月に日和《ひより》を通じて知り合い、以来何かと話をする機会が多い男子生徒だ。

「久し振り……なのかな？　九校戦以来だから、まだ二週間経《た》っていないよ？」

「フフッ、そう言えばそうだね」

アリサが片手を口に当てて上品に笑う。

「……」

その笑顔に、役《まもる》は言葉を失った。目の前で微笑《ほほえ》むアリサを彼が見たのは、これが初めてではない。むしろ、この二ヶ月間で「珍しくない」と言える程度の交流はあった。

だから役《まもる》が受けた衝撃は、理屈で説明できるものではない。「何でもない日常の特別な一瞬」に、彼は目を奪われ、心を攫《さら》われたのだった。

「どうぞ？」

立ち尽くす役《まもる》に小首を傾《かし》げ、アリサは取《と》り敢《あ》えず席を勧めた。

「あ、うん。ありがとう」

白日夢から醒《さ》めたような顔で、役《まもる》はアリサの隣に座った。彼は一瞬前に自分がどういう状態で何を考えていたか、既に忘れていた。

「十文字《じゅうもんじ》さんは課題をやっていたの？」

「うん。今は化学の練習問題を解いていたところ」

「あれ？　課題に練習問題なんてあったっけ？」

その答えに、役《まもる》は普通の焦《あせ》りを見せる。

アリサは笑いながら「違う違う」と言いながらヒラヒラと手を振った。

「課題をやってて分からないところがあったから、見直したついでに理解できているかどうかチェックしてたの」

「そうなんだ」

役《まもる》が小さく安堵《あんど》の息を漏らす。課題の見落としがあったのではないかという焦《あせ》りを彼は覚えていたのだった。

「そう言えば唐橘《からたちばな》君、実家に帰ってたんじゃなかったっけ？」

「ああ、うん。魔法学の課題で分からないところがあって、調べに来たんだ。実家って言っても、僕の所からだと二時間くらいしか掛からないからね」

「あっ、もしかしてあの問題？」

ピンと来たアリサが自分も苦戦した問題のタイトルを口にする。

「そうそう、あれ。十文字《じゅうもんじ》さんはもう解いたんだ」

「うん。時間、掛かっちゃったけどね」

「へぇ。何を参考にすれば良いのか教えてよ」

「うん、良いよ。あのね……」

役《まもる》と夏休みの宿題について楽しく語り合いながら、アリサはその一方で「そう言えばミーナは、課題、進んでいるのかしら……」と心配を覚えていた。

◇◇◇

学校からの帰りの個型電車《キャビネット》の中でアリサは茉莉花《まりか》に早速、課題の進捗状況を訊《たず》ねた。

「……アーシャぁ、どうしよ～」

アリサの懸念《けねん》は、残念ながら杞憂《きゆう》で終わらなかった。

「合宿中は一緒に勉強していたんだから、全然進んでいないってことはないでしょう？」

合宿のスケジュールには、ちゃんと勉強時間が確保されていた。その時間に部屋を抜け出して遊びに来た茉莉花《まりか》に、アリサは一般科目を教えていた。

「それが……」

ところが驚いたことに茉莉花《まりか》は、専門教科の課題にほとんど手を付けていない状態だった。さらに驚くべきか呆《あき》れるべきか、茉莉花《まりか》は自分が課題に手を付けていないということを忘れてすらいたようだ。

「……帰ってから私の部屋に来て。手伝ってあげるから、一緒に終わらせよう」

アリサの口調が少々厳しいものになっても、それはやむを得ないことだと思われた。


いったん茉莉花《まりか》のマンションに寄って、二人はアリサの部屋に向かった。

アリサの部屋は十文字家《じゅうもんじけ》の庭に建てられた離れだ。小さいけれどもバス・トイレ・キッチンなど一通り揃《そろ》った建物が、丸々一軒アリサに与えられている。

アリサが離れの玄関を開けると、女性物のサンダルがきちんと揃《そろ》えて置かれていた。アリサの履物ではない。母屋《おもや》から来ているのが誰か、アリサには一目で分かった。

「……お家《うち》の人？」

茉莉花《まりか》が遠慮を滲《にじ》ませた声で訊《たず》ねる。

「和美《かずみ》さんよ。構わないから上がって」

アリサが脱いだ靴を揃《そろ》えながら茉莉花《まりか》の問いに答えた。このサンダルは、異母妹の和美《かずみ》がこちらに来る時に使っている物で間違いなかった。

茉莉花《まりか》が小声で「お邪魔しまーす……」と言いながら靴を脱ぐ。

二人が部屋に入ると、浴室の扉からラフな格好をした和美《かずみ》が出て来た。彼女は母屋《おもや》よりも新しい離れの風呂《ふろ》に度々入りに来ているから、アリサは驚かなかった。

この異母妹とアリサの仲は悪くない。和美《かずみ》がクールな性格な為《ため》、一緒にいる時間は短い。だが同い年の異母弟のように、アリサを邪険にすることはなかった。むしろアリサがこの家に来た当初から、二歳年下であるにも拘《かか》わらず当時小学生の和美《かずみ》は新参者の異母姉が過ごしやすいように気を遣っていた。

「あっ、すみません、アリサさん。お風呂《ふろ》、使わせていただきました」

「いつも言っているけど、気にしなくて良いよ。和美《かずみ》さんはきれいに使ってくれるから。何時《いつ》でも入りに来て」

「はい。茉莉花《まりか》さん、こんにちは」

和美《かずみ》が茉莉花《まりか》に、嫌みにならない程度に、丁寧にお辞儀した。既に夕方だが、茉莉花《まりか》に気を遣わせないために「こんばんは」を避けたのだと思われる。

「和美《かずみ》ちゃん、お邪魔してます」

茉莉花《まりか》も失礼にならない範囲で軽く頭を下げる。茉莉花《まりか》と和美《かずみ》は相手を良く知っていると言える間柄ではないが、名前で挨拶《あいさつ》する程度には顔を合わせていた。

「お勉強ですか？」

いつもは一言挨拶《あいさつ》を交わすだけなのだが、今日の和美《かずみ》は茉莉花《まりか》が提げているバッグを見ながらそう訊《たず》ねた。

「ええ、そうよ」

アリサがその問いに答える。

「どうしたの？」

そして何事か言いにくそうにしている和美《かずみ》に水を向けた。

「あの、私も少し教えて欲しくて……。お勉強をご一緒させていただけませんでしょうか」

今までにない申し出に、アリサが軽く目を見張る。

「──ミーナ、良いよね？」

「えっ、あ、もちろんだよ」

茉莉花《まりか》に確認を取って、アリサは和美《かずみ》に笑い掛けた。

「ええ、一緒にお勉強しましょう。何でも訊《き》いてね」

同性でも見とれてしまう、可愛《かわい》いと言うより綺麗《きれい》な笑み。

和美《かずみ》は少し赤くなりながら、口調だけは冷静に「はい」と応えた。

◇◇◇

夕食の時間になって和美《かずみ》は二人分の食事をアリサと一緒に母屋《おもや》から運び、「ごゆっくり」と茉莉花《まりか》に挨拶《あいさつ》して母屋《おもや》に戻った。

父親の和樹《かずき》と母親の慶子《けいこ》、義兄の勇人《ゆうと》と和美《かずみ》の四人で食卓を囲む。克人《かつと》はまだ仕事で帰宅していない。

「和美《かずみ》、何故《なぜ》今日に限ってアリサと一緒に勉強をしたいなんて言ったんだ？」

その席で勇人《ゆうと》が和美《かずみ》に訊《たず》ねた。

和樹《かずき》も、さり気なさを装《よそお》ってはいたが、興味を抑えられず和美《かずみ》を盗み見ている。

「勇人《ゆうと》兄さんよりもアリサさんの方が丁寧に教えてくれそうでしたので」

和美《かずみ》は勇人《ゆうと》に対しても変わらぬクールな態度で答えを返した。

「それは否定しないが、本音は何だ？」

勇人《ゆうと》はその答えを、建前だと決め付ける。

「それも本当ですよ。でも確かに、それが主たる目的ではありませんでしたね」

中学二年生にしてはやや硬い言葉遣いだ。余談だが、もしかしたら和美《かずみ》もこの年頃の例に漏れず、大人の真似《まね》をしたいのかもしれない。

「その『主たる目的』とやらは何だったんだ?」

「茉莉花《まりか》さんがどのような方なのか、知りたいと思いまして」

和美《かずみ》は三度《みたび》重ねられた質問に、隠していた意図をあっさり打ち明けた。

「遠上《とおかみ》さんの為人《ひととなり》を知りたかったのか?」

「ええ。姉の一番の親友のことです。家族として、知りたいと思うのは当然だと思いますが」

和美《かずみ》は特に気負うことなく「姉の」と言い「家族として」と言った。

これには勇人《ゆうと》も「そうだな」と頷《うなず》かざるを得なかった。

◇　◇　◇

水曜日、アリサは久々にクラウド・ボールの部活に顔を出した。

グラウンドの臨時コートは、残念ながら撤去されている。アリサは曇り空の下、学校から電動キックボードに乗って駅の反対側のコートに向かった。

既に到着して準備運動をしていた部長の初音《はつね》に、アリサは先週の欠席を詫《わ》びた。マジック・アーツ部の合宿に付いていくから欠席すると事前に断りは入れてあったのだが、改めて謝罪しようと今朝から決めていたのだった。

初音《はつね》は笑って「謝る必要は無い」と応えた。そして嬉《うれ》しそうに「アリサさんたちの活躍で来年は新入部員が増えそう」と笑った。

午前中はクラウド・ボールで汗を流し、昼食は学食で摂《と》るべく一高に戻った。

待ち合わせをしていた茉莉花《まりか》と明《めい》に、学食で合流する。なお一緒にクラウド・ボールの練習をしていた日和《ひより》は、別に予定があるということで、更衣室で別れた。

「例の魔法の、例のプロセスのことだけど」

明《めい》は家から持ってきたお弁当をテーブルに置いて席に着くなり、「待ちきれない」とばかりに話を切り出した。

アリサも二人分のお弁当をテーブルに出した。言うまでもなく自分と、茉莉花《まりか》の分だ。最近アリサはすっかり「彼女」と化している。

「例の、って「バダリィフォージング」の『未知のプロセス』のことね？」

話を聞く態勢を作って、アリサは念の為《ため》に確認の質問をした。

「ええ、そうよ」

「他に何があるの？」という表情で明《めい》が頷《うなず》く。

「結論から言うわね。兄は『時間』じゃないかって言っているわ」

「時間……？　魔法に『時間』の要素があるというご意見なの？」

半信半疑どころか「疑」が九割の表情で問い返すアリサ。その隣では茉莉花《まりか》がポカンとした顔をしている。完全に予想外のことを言われて、理解が追い付かないのだろう。

「時間停止とかタイムリープとか、そういう時間を操作する能力は存在しないというのが定説じゃなかったっけ？」

「操作することはできなくても記録することはできる。記憶だって、見方を変えれば時間の保存。……というのが兄の意見よ」

「えっ？　えっ？　記憶が時間？　時間保存？」

茉莉花《まりか》はますます混乱している模様。

「自分が体験した『時間』を情報として『保存』するという意味なら、確かに記憶は『時間保存』と言えるかもしれないね。でも、そんなことを言うなら写真だってビデオだって時間保存になっちゃうよ」

アリサは茉莉花《まりか》とは違って、理性的な反応だ。アリサは明《めい》に、理路整然と反論した。

「二人が信じられないのは分かるわ。魔法に『時間』が関わっているとすれば、ファクターが四系統八種に分類された現代魔法理論が根底から覆《くつがえ》るかもしれないものね」

明《めい》はアリサに反論するのではなく「うんうん」と頷《うなず》いた。

「私も最初は信じられなかったわ。でも！」

明《めい》が何故《なぜ》か、座ったままで舞台役者のような見得を切る。

アリサはこの段階で、次の展開が分かったような気がした。

「あの方は限定的な時間遡行《そこう》の魔法をお使いになったと、兄から聞いたの！ その魔法で兄を治療したのですって！ これはもう、疑いを差し挟む余地など無いでしょう！」

明《めい》の目は、アリサを見ていない。彼女は虚空《こくう》をうっとりと見詰めていた。

「前から思ってたんだけどさ」

ここで茉莉花《まりか》が、妙に冷めた声で会話に加わった。

「明《めい》のお家《うち》って、変な宗教の信者になっていたりしないよね？」

「失礼ね。私も家族も伝統的な仏教徒よ。般若心経《はんにゃしんぎょう》くらいだったら暗誦《あんしょう》できるわ」

真顔で反論する明《めい》。

それを聞いて、アリサは「凄《すご》いわね……」と小声で呟《つぶや》いた。茉莉花《まりか》は「へぇ〜」と驚いている。

その素直な反応に、何か感じるものがあったのか。

「……とはいえ、私も『時間』が何なのかは理解できなかったんだけどね」

明《めい》の表情から「熱」が抜け落ちた。

「時間は時間じゃないの？」

「ミーナ、私たちは『時間』そのものを認識なんてできないよ。何かが変化したことで『時間が経《た》った』って分かるだけでしょう？」

茉莉花《まりか》の言葉に、アリサがやんわりと反論する。

「でも時間は計れるじゃん」

やや向きになっている感のある、茉莉花《まりか》の反論返し。

「それは時計の変化を見ているだけだよ」

「そういう抽象的な議論は止めておきましょう。限《きり》が無いから。それより［バダリィフォージング］のことだけど」

茉莉花《まりか》とアリサの口論、と言うより言葉のキャッチボールを明《めい》は制止して話を本題に戻した。

「正体不明だったプロセスはやっぱり、記録するためだけのもので間違いないみたい。有害な副作用は無いからガンガン使ってもらって構わない、というのが私と兄の結論ね」

明《めい》の結論は、アリサにとってだけでなく茉莉花《まりか》にとっても予想以上に前向きなものだった。

アリサと茉莉花《まりか》が顔を見合わせる。

「……とにかく、リスクは無いということの前の結論は変わらないのね？」

「ええ、一般的な魔法を超える範囲のリスクは無いわ」

アリサの念押しに、明《めい》は自信を持って頷《うなず》いた。

「分かったよ。ありがとう、明《めい》」

「どういたしまして」

何だか「これで終わり」みたいな雰囲気だったが、三人はそこから仲良くそれぞれのお弁当を食べた。

◇◇◇

その日の夜は前日とは逆に、アリサが茉莉花《まりか》のマンションで食卓に着いていた。

昨晩の御礼《おれい》に茉莉花《まりか》がご馳走《ちそう》をしている——のではない。料理をしたのはアリサだ。その間茉莉花《まりか》は、唸《うな》りながら夏休みの課題に取り組んでいた。

甘やかしている感は否定できないが、全国大会に向けた練習と進捗が芳《かんば》しくない夏休みの課題の為《ため》に、アリサは今月いっぱい茉莉花《まりか》の家事を代わりにやってあげることにしたのだった。

くたくたになった顔で、それでも食欲旺盛に箸を動かしている親友を正面に見ながら、アリサはシリアスな表情で「ミーナ」と話し掛けた。

「んっ？……何？」

口の中の物を呑《の》み込んで、茉莉花《まりか》が応えを返す。

アリサはシリアスな表情で、何事か言いにくそうにしていた。

「ど、どうしたの？」

徒事《ただごと》ではない気配を感じた茉莉花《まりか》は、宙に浮かせていた手をテーブルに置いて——ただ、箸は手放していない――焦《あせ》った顔でアリサに続きを促す。

「……課題は終わりそう？」

茉莉花《まりか》の表情が弛緩《しかん》し、緊張に固まっていた姿勢が脱力して崩れた。テーブルに突っ伏しそうになるのをギリギリで堪《こら》えている、というようにも見える。そういえば茉莉花《まりか》は片手に箸を握ったままの状態で、テーブルについた両腕をブルブル震わせていた。

「せめて食事中は、その話題を避けて欲しかったよ……」

恨めしそうに応えを返した茉莉花《まりか》に、アリサは「ゴメン……」と謝った。

◇　◇　◇

一通り家事を終わらせて、アリサは十文字《じゅうもんじ》邸に帰宅した。茉莉花《まりか》は泊まって欲しそうにしていたが、今夜は帰宅すると義母の慶子《けいこ》に約束していた。それだけでなく、アリサには少し考えたいこともあった。

アリサはお風呂《ふろ》を済ませると、ラフな部屋着ではなくきちんと身なりを整えて母屋《おもや》に向かった。訪ねた先は克人《かつと》の書斎。彼が帰宅していることは入浴前に確認済みだ。

ノックに「どうぞ」という応えがあった。アリサは名乗ってからドアを開けた。克人《かつと》はデスクチェアを回転させて、座ったまま部屋の入り口に身体《からだ》を向けていた。

「お邪魔しても良いですか？」

「構わない」

デスクの端末は画面が点灯したままだったが、克人《かつと》の返答に甘えてアリサは部屋に入った。

「掛けてくれ」という克人《かつと》の指示に従って、一人掛けのソファに浅く腰を下ろす。

「すみません、お仕事中に」

「いや、急ぎではないから大丈夫だ」

克人《かつと》はその応えと表情で、アリサに用件を話すよう促した。

「……あの、克人《かつと》さんは千葉家《ちばけ》の［切陰《きりかげ》］をご存じでしょうか？」

アリサは一拍の躊躇《ちゆうちよ》を乗り越えて、克人《かつと》に質問をぶつけた。

「その存在は知っている。詳しい原理は知らない。何故千葉家《なぜちばけ》の秘術のことを？」

「あの、それは……」

克人《かつと》から質問の意図を訊《たず》ねられて、アリサは口ごもった。秘密にしたいのではなく、どう説明すれば良いのか分からなかったのだ。

今日の午後、アリサは一昨日と同じように第二小体育館で茉莉花《まりか》の練習を録画していた。ランチタイムに明《めい》から聞いた話に後押しされたのか、午後の茉莉花《まりか》は硬化魔法の練習に多くの時間を費やした。

だが時折、魔法の練習を中断してシャドーボクシングで身体《からだ》を動かしていた。

一見、慣れない魔法で緊張を強いられた神経を解放する為《ため》の気分転換。

だがアリサには、茉莉花《まりか》の意識が別のターゲットに向いているのが分かった。

茉莉花《まりか》の意識が向けられている先は、間近に迫った全国大会ではない。

ライバルの一条茜《いちじょうあかね》でもない。

おそらく茉莉花《まりか》が見ているのは、合宿で出会った一人のOG。

千葉《ちば》エリカ。

おそらくだが、彼女の背中が茉莉花《まりか》には「目指すべき強者」に見えているのだ。

太陽を直視すれば目が眩《くら》むように、強すぎる「星」の輝きは人の心を惑わす。明《めい》が司波達也《しばたつや》に傾倒しているように、茉莉花《まりか》は千葉《ちば》エリカに心を奪われてしまっている。

だから、あのOGの技が心から離れない。いったんはけじめを付けたつもりでも、ふとした瞬間に心が欲《ほっ》してしまう。知らない内に、身体《からだ》が技の記憶をなぞる。

茉莉花《まりか》が硬化魔法の練習の合間に気分転換のつもりで行っていたシャドーボクシングは、エリカが言う「陰の技」を会得《えとく》する為《ため》にダミー人形を相手にしていた打ち込みと、同じフォームだった。

「その……ミーナが」

「ミーナというのはアリサの友人の遠上《とおかみ》のことだな。彼女が千葉《ちば》の技に取り憑《つ》かれでもしたか」

「お分かりなんですか？」

克人《かつと》の洞察力に驚きを覚える一方で、「取り憑かれるとは上手《うま》い表現だ」とアリサは思った。

「千葉《ちば》エリカの技は人を魅了する。歴史的な名工の手になる日本刀のような魅力だ。特に遠上《とおかみ》のように魔法師よりも武人としての価値に重きを置く者には、麻薬のような引力がある」

「……良くご存じなんですね」

「戦場ではすれ違ってばかりで、直接目にした経験はわずかだがな」

克人《かつと》が目を閉じて黙り込んだのは、その希少な経験を思い出しているのだろうか。

「戦場……千葉《ちば》先輩は西城《さいじよう》先輩と一緒に、横浜事変の戦場に立っていたと聞きました」

アリサは克人《かつと》が口にした「戦場」という単語を流せなかった。

「横浜事変だけではない。千葉《ちば》は、司波《しば》と共に、何度も戦場に立った」

（まただ……）

アリサの心を、その言葉が過《よぎ》った。

「——司波達也《しばたつや》先輩とですか？」

「そう……だな。だが、妹の方と一緒のことが、むしろ多かったと記憶している」

妹というのは、今では婚約者になっている次期四葉家《よつばけ》当主のことだろう。そちらは余り、アリサの意識に引っ掛からなかった。

「俺は千葉《ちば》の［切陰《きりかげ》］を体験したことはない。だがその効果を見たことはある」

克人《かつと》のその言葉には軽々しく扱ってはならないと感じさせる重みがあった。その重みがアリサに、続きを促すことを躊躇《ためら》わせた。

だが、アリサが詳細を催促する必要は無かった。

克人《かつと》の話は止まらなかった。

「アリサ、十山《とおやま》つかささんは覚えているな？　一度、紹介したことがあるはずだ」

「……はい」

十山家《とおやまけ》は十文字家《じゆうもんじけ》と同じ旧第十研出身の師補《しほ》十八家《じゆうはつけ》――十師族《じゆっしぞく》の補欠と言うべき魔法師の血族で、十文字家《じゆうもんじけ》と並ぶ旧第十研の、二つだけの成功例だ。

そして『十山《とおやま》つかさ』は十山家《とおやまけ》の長女で、十山家《とおやまけ》の実質的なナンバーワンだった。

「千葉《ちば》の［切陰《きりかげ》］は魔法障壁を張ったつかささんを、そのまま無力化した」

「……障壁が維持された状態で、十山家《とおやまけ》の方を無力化したのですか？」

「そうだ。その時のつかささんに、外傷は全く無かった。にも拘《かか》わらず、つかささんは指一本動かせない状態だった」

同じだ、とアリサは思った。程度の違いこそあれ、［リアクティブ・アーマー］を発動した状態で斬り倒された茉莉花《まりか》と同じやられ方だった。

「つかささんを診《み》た医師は、肉体の情報体を形作っている想子《サイオン》の流れが何処かで断ち切られたように著しく不活性化していると診断した。それが肉体に一時的な衰弱をもたらしていると」

「想子《サイオン》の流れを、断ち切る……」

「想子《サイオン》それ自体で形成された無系統の刃で想子《サイオン》情報体を斬る。それが［切陰《きりかげ》］の正体だろうと俺は考えている」

克人《かつと》の話を聞いて、一つの思い付きがアリサの脳裏に浮かぶ。

「……じゃあ、同じように想子《サイオン》の塊をぶつけて、肉体の情報体に強い衝撃を与えることができれば……」

その思い付きを、アリサは無意識的に言葉にしていた。

「威力は落ちるだろうが、類似した効果は得られると思う」

克人《かつと》はその思い付きを、真面目な顔で肯定した。

◇◇◇

全日本マーシャル・マジック・アーツ大会の本選を二日後に控えた八月二十八日、金曜日の午後。

茉莉花《まりか》たちマジック・アーツ部の出場選手は第一高校第二小体育館で、最後の調整を行っていた。――明日は前日なので、本格的な調整を行うのは今日が最後という意味だ。

「あれっ？　その格好、どうしたの？」

第二小体育館に現れたアリサを見て、茉莉花《まりか》が訝《いぶか》しげな声を上げる。

アリサの服装は一高のロゴ入り半袖シャツに膝上のスパッツ。つまり、体操服姿だった。髪も激しい運動をする時用の、お団子一つのシニヨンに纏《まと》めている。

「もしかしてクラウド・ボールの練習から直接来てくれたの？」

今日の昼食は茉莉《まり》花《か》側の都合で、一緒ではなかった。マジック・アーツ部のミーティングを兼ねた昼食会だったので、別々にならざるを得なかったのだ。

良く見ればアリサのシャツは、重く汗を含んでいる。息遣いも少し荒い。激しい運動をしてきたばかりのようだった。

「ミーナ、調子はどう？」

アリサの声の調子がいつもと違ったのは、運動の余韻が残っている所為《せい》だろう。茉莉花《まりか》はそう感じた。

「うん、聞いて聞いて！　[バダリィフォージング]、何とか試合で使えそうなんだよ！」

「そうなんだ……。こんな短時間で身に付けるなんて、ミーナは凄《すご》いね」

「いや、まあ、完全な起動式をもらっていたからね。起動式のとおりに魔法を組み立てただけだよ。と言ってもまだ、一秒も維持できないんだけどね」

「それでも凄《すご》いよ」

「そ、そうかな。アハハハ……」

真面目な顔でアリサに褒められて、茉莉花《まりか》は照れ笑いを口にした。

「じゃあ、あっちは？」

「……あっちって？」

しかし続くアリサの問い掛けに、茉莉花《まりか》の笑みは戸惑いに塗り替えられる。

「千葉《ちば》先輩の、『陰の技』」

茉莉花《まりか》の顔が一瞬、強張《こわば》った。

「い、嫌だな、アーシャ。あれは保留にするって言ったじゃん」

茉莉花《まりか》の顔に浮かんだ焦《あせ》りの表情は一瞬だけのものだったが、他の誰でもない、アリサは見逃さなかった。

「でも、本当は練習していたんでしょう？　先輩にも私にも隠して、こっそりと」

二人が醸《かも》し出《だ》すただならぬ雰囲気に、「おい、どうした？」と言いながら千香《ちか》が速歩《はやあし》で歩み寄ってくる。彼女のすぐ後ろには千種《ちぐさ》の姿もあった。

「ア、アハハ……。ど、どうしたのさ、いきなりそんな」

「違うの？」

「――っ！」

正面から瞳をのぞき込まれて、茉莉花《まりか》はその視線に射竦《いすく》められた。

アリサが軽く、目を伏せる。

茉莉花《まりか》の呪縛は解けたが、緊張感は少しも変わらなかった。むしろ、ますます高まっていた。

「ミーナ。私のお遊びに、少し付き合ってくれない？」

「お遊び？」

お遊びと言いながら、アリサが全身から漂《ただよ》わせる気配は真剣そのものだ。

だから千香《ちか》も千種《ちぐさ》も、誰も横から制止はできなかった。

「う、うん……」

そして唯一、拒否権を持っていた茉莉花《まりか》も、アリサの異様な、いつもの彼女らしくない雰囲気に呑《の》まれていた。

「付き合ってくれるの？　ありがと」

感情が余り乗っていない声でそう言って、アリサは精神統一に入った。まるで魔法の、大技を使おうとしている時のように。

「ミーナ、［リアクティブ・アーマー］を使って」

何でもない、日常的な頼み事をする時の口調でアリサが言う。だがその背後に有無を言わせない圧力を感じて、茉莉花《まりか》はほぼ反射的に［リアクティブ・アーマー］を展開した。

「私、素人《しろうと》だから動かないでね」

そう言ってアリサは全身に強烈な気迫を漲《みなぎ》らせながら——、否《いや》、大量の想子《サイオン》を身体《からだ》に宿した状態で、茉莉花《まりか》の許《もと》へと歩いて行く。

そして手が届く距離で立ち止まり、実際に茉莉花《まりか》へ手を伸ばした。

それは茉莉花《まりか》の腹に掌底突きを打ち込むフォームだった。

だが伸ばした手に勢いは無い。ゆっくり触れるだけの、形だけの掌底突きだ。

［リアクティブ・アーマー］を纏《まと》っている茉莉花《まりか》の身体《からだ》に、アリサが触れることはできない。

アリサの掌《てのひら》は、茉莉花《まりか》の身体《からだ》から三センチの位置で止まった。


次の瞬間。


眩《まばゆ》い光が茉莉花《まりか》と、周りで見ている部員の目を眩《くら》ませた。

茉莉花《まりか》の腹に宛《あて》がったアリサの掌《てのひら》から、強烈な想子光《サイオン》が迸《ほとばし》ったのだ。

アリサが身体《からだ》に溜《た》めていた想子《サイオン》を一気に放出したことによる、非物理的な光。

一度に放出された大量の想子《サイオン》が［リアクティブ・アーマー］の障壁に跳ね返された結果が、この眩《まぶ》しい光だ。

しかしアリサが放った想子《サイオン》流は、全てが跳ね返されたわけではなかった。

全体の放出量からすれば、五分の一程度だろう。

しかしそれは、茉莉花《まりか》の装甲に穴を空け、彼女の身体《からだ》を貫いた。

茉莉花《まりか》には何の傷も刻まず。

ただその身体《からだ》を徹り抜けた。


アリサがガックリと両膝を突く。急激な想子《サイオン》の放出の反動で虚脱状態に襲われたのだ。

わずかに遅れて、今度は茉莉花《まりか》が片手で腹を押さえながら片膝を突いた。

見物の輪から「まさか、［術式解体《グラム・デモリッシヨン》］……？」という声が漏れた。

「信じられない」という感情が込められたその声は、男子部部長の千種《ちぐさ》のものだった。

「なに……今の……？」

脂汗を浮かべて、茉莉花《まりか》がアリサに問う。

「……答えは、『想子《サイオン》のレーザー』、だったんだよ、ミーナ……」

青白い顔で、血の気が引いた唇でアリサが答えを返した。

「想子《サイオン》の……レーザー？　なに、それ……」

茉莉花《まりか》は苦しそうな、今にも力尽きてしまいそうな声で質問を重ねた。

「あの、ね……。『波』を、揃《そろ》えた、想子《サイオン》を、ギュウギュウに、収束して、放《はな》……」

アリサはそこで限界を迎え、横向きに崩れ落ちた。

第二小体育館が騒然となった。

「保健室に！」「いや、先生を連れてこい！」という怒号が体育館の中を飛び交う。

茉莉花《まりか》はそれを聞きながら、腹を押さえて前のめりに身体《からだ》を折った。

◇　◇　◇

茉莉花《まりか》とアリサは共に意識を失って、仲良く保健室に運ばれた。

目を覚ました茉莉花《まりか》は、アリサが寝ているベッドの隣で身体《からだ》を起こした。

「アーシャ⁉」

焦《あせ》った顔で隣のベッドへ詰め寄ろうとする茉莉花《まりか》。

だが彼女は、ベッドを降りることができなかった。

「もう少し寝てなきゃダメよ」

優しくたしなめる声と共に、茉莉花《まりか》はベッドに押し戻される。決して強い力ではなかったが、茉莉花《まりか》は抗《あらが》えず仰向けに倒された。

「安宿《あすか》先生……」

茉莉花《まりか》をベッドに押し倒したのは養護教諭の安宿怜美《あすかさとみ》だ。おっとりした、むしろ華奢《きゃしゃ》な外見の女性だが、格闘技系クラブの間では「実は武術の達人では？」と囁《ささや》かれている美女だった。

「遠上《とおかみ》さんは想子《サイオン》の流れが乱れているだけで特に治療は必要ありませんけど、まだ無理をしない方が良いですよ」

「アーシャは……十文字《じゅうもんじ》さんの具合はどうなんですか？」

体調が万全でないことを自覚している茉莉花《まりか》は、大人しく横になった状態でアリサの容態を安宿《あすか》に尋ねた。

「彼女は貴女《あなた》より少し重症です。丸一日安静というところかしら」

「重症って何ですか⁉」

茉莉花《まりか》がガバッと起き上がる。

「はいはい、暴れないの」

だが安宿《あすか》に軽く肩を押されただけで、仰向け状態に逆戻りだ。それだけでなく、鎖骨の辺りに片手を添えられているだけにも拘《かか》わらず、身動きできなくなってしまう。

茉莉花《まりか》は抵抗が無意味であることを覚《さと》り、すぐに大人しくなった。

安宿《あすか》は茉莉花《まりか》を抑え込んだまま、安心させるように笑い掛けた。

「十文字《じゅうもんじ》さんは過労ですね」

そして、茉莉花《まりか》の質問に答えを返す。

「過労……？」

「想子《サイオン》を短期間に大量放出して、枯渇《こかつ》してしまった状態です。回復のペースは正常だから、スピリチュアル・ボディやアストラル・ボディが損なわれている心配はありませんよ」

「そうなんですか……。治るんですよね？」

「ええ、治ります」

安宿《あすか》が笑顔で、かつきっぱりと答えたのを聞いて、茉莉花《まりか》は力を抜いて枕に頭を沈めた。

「ただこんな無茶を繰り返していると、アストラル・ボディが傷付いて魔法技能が損なわれることにもなりかねません。遠上《とおかみ》さんからも注意してあげてくださいね」

しかし次に告げられた警告に、茉莉花《まりか》の顔から血の気が引いた。


夕方五時前、安宿《あすか》からの連絡で十文字家《じゅうもんじけ》からアリサの為《ため》の迎えの車が到着した。アリサは既に意識を取り戻し歩いて帰ることも可能な状態だったのだが、大事を取った方が良いという安宿《あすか》のアドバイスに連絡を受けた父親で先代当主の和樹《かずき》が同意した結果だった。

その車にはアリサの付き添いとして生徒会の仕事で登校していた勇人《ゆうと》と、アリサの希望で茉《ま》莉花《りか》が同乗した。

「本当にごめんね、ミーナ」

車の中でアリサが十度目以上の謝罪を口にする。

「ううん、アーシャは悪くない。何度も言うけど、あたしが何時《いっ》までも迷っていたのがいけないんだよ。アーシャはあたしの為《ため》に、それを何とかしようとしてくれただけ。あたしの方こそゴメン」

そして茉莉花《まりか》も、先程から何度も繰り返したセリフで応えた。

「でも、大事な大会の前なのに」

「あたしはもう治ったよ。安宿《あすか》先生のお墨付き。だからアーシャは心配しないで」

アリサは、納得したようには見えなかったが、「安宿《あすか》のお墨付き」という言葉に、これ以上茉莉花《まりか》に気を遣わせないよういったん懺悔《ざんげ》を止めた。

勇人《ゆうと》はアリサを挟んで、茉莉花《まりか》の反対側の席で黙って考え込んでいた。

自走車が十文字家《じゅうもんじけ》に到着し、アリサは茉莉花《まりか》の手を借りて自室のベッドで横になった。アリサが「少し眠るから」と言って目を閉じたのを見届けて、茉莉花《まりか》は十文字家《じゅうもんじけ》を辞去しようとした。

「遠上《とおかみ》さん。少し、良いだろうか？」

だが、勇人《ゆうと》が茉莉花《まりか》を呼び止めた。

「はい、何でしょうか」

「先程、車の中で言っていた、ダメージは抜けたというのは本当か？」

「はい、本当です。強がりではありません」

勇人《ゆうと》に呼び止められて大人しく従ったのも、回復したというのが嘘《うそ》ではなかったからだ。もしアリサから受けたダメージが残っていれば、茉莉花《まりか》は正直にそう言って帰宅することを選んでいた。

「そうか。では、少し付き合ってくれないか」

そう言って勇人《ゆうと》は隣の敷地《しきち》、旧第十研の建物を指差した。

「君にとっては足を踏み入れたくない場所かもしれないが、今日は我慢して欲しい」

茉莉花《まりか》の顔に浮かんだ躊躇《ちゅうちょ》の表情を認めた上で、勇人《ゆうと》は重ねて同行を求めた。

「……あたしには特に、第十研に思うところはありません」

勇人《ゆうと》の用件がアリサに関することだと察した茉莉花《まりか》は、そういう言い方で勇人《ゆうと》の申し出を受けた。

勇人《ゆうと》が茉莉花《まりか》を連れていったのは誰もいない、旧第十研の戦闘訓練室——対人戦闘の訓練の為《ため》の部屋だった。

高校生の男女が二人きり。だが勇人《ゆうと》がそんな目的で自分をこの部屋に連れ込んだのではないことを、茉莉花《まりか》は言われなくても理解していた。

勇人《ゆうと》から茉莉花《まりか》に向けられる眼差《まなざ》しが、それを彼女に教えていた。

勇人《ゆうと》の目に、欲情は無い。彼の視線は異性に向けられるものではなく、敵に向ける類のものだった。

「アリサは一昨日の晩から、千葉《ちば》先輩の、魔法シールドを無視してダメージを与える技を再現しようとしていた。いや、実際に試行を始めたのは一昨日の晩だが、再現を模索していたのは先週末、奥多摩《おくたま》から戻ってきた日からだった」

訓練室の中央で向かい合って立ったまま、勇人《ゆうと》が茉莉花《まりか》に感情を抑えた声で告げる。

「そうですか」

茉莉花《まりか》は知らなかった。だが意外ではなかった。

自分が「陰の技」の修得に悩んでいたことは、アリサに知られていた。大会を間近に控えて時間が足りないと分かっているのに、自分が諦めきれずにいたこともアリサは察していた。ならばアリサは自分の代わりに、教えてもらえなかった「陰の技」の秘密を解き明かそうとするだろう――。それがどんなに無謀なことでも、立場が逆なら自分でもそうすると茉莉花《まりか》は思った。

「千葉《ちば》先輩の技を、アリサは結局再現できなかった。だが、答えは見付けられなかったが、解決策は見出《みいだ》した。俺はそれを知っている」

「先輩も協力してくださったんですね」

「俺はアリサに協力しただけ。それも、止めるのが無理だったからだ。止められないなら、一刻も早く結論が出るように練習相手を務めた。……あんなことになるなら止めておけば良かったよ」

勇人《ゆうと》の顔が後悔に歪《ゆが》む。

茉莉花《まりか》は奥歯を噛《か》み締《し》めて表情を変えなかったが、勇人《ゆうと》と同じ気持ちだった。自分がきっぱりと態度を決めないからアリサに無理をさせたという後悔は、嘘《うそ》偽りの無い彼女の本音だった。

「……過ぎてしまったことを悔いるのは、今は止めよう。時間がもったいない」

勇人《ゆうと》は後悔を振り払うように二、三度、頭《かぶり》を振った。

「アリサが見つけ出した解決策は［術式解体《グラム・デモリッション》］だ」

「――［術式解体《グラム・デモリッション》］って発動された術式を無効化する対抗魔法ですよね。それで魔法シールドを打ち消すんですか？」

「その推測は正しいが、そうではない」

勇人《ゆうと》の答えは一見、混乱している。だが彼の表情は、自分が何を言っているか分かっている顔だった。

「［術式解体《グラム・デモリッション》］は高密度の想子《サイオン》流で、魔法の対象となっている物や空間から魔法式を吹き飛ばして魔法を無効化する技術だ」

茉莉花《まりか》は「はい」とだけ言って頷《うなず》く。

「通常この対抗魔法は、術式を無効化する以上の効果を持たない。その性質上、［術式解体《グラム・デモリッション》］の想子《サイオン》流は距離に応じて勢いが減衰する。数メートルも離れれば、ターゲットの表面に露出している魔法式を吹き飛ばすことはできても、無意識の情報強化を纏《まと》う魔法師の肉体に影響を与

える のは不可能だ」

茉莉花《まりか》はもう一度「はい」と頷《うなず》いた。

［術式解体《グラム・デモリッション》］は現実の物理的な次元に高密度の想子流《サイオン》を放って、物理的な次元に存在する魔法の標的に浴びせることで、その表面に貼り付けられた魔法式を吹き剝がし破壊する。

その仕組み上、物理的な距離による威力の低下から逃れられない。有効な射程距離が短いことが、この対抗魔法の最大の短所になっている。

これは魔法科高校で教わる知識ではないが、自分の魔法［リアクティブ・アーマー］を破る可能性がある対抗魔法として、［術式解体《グラム・デモリッション》］のことをアリサから教えてもらっていた。――言うまでもなくアリサはその知識を、十文字家《じゅうもんじけ》の家庭内教育に依《よ》っていた。

「しかし逆に言えば、距離による減衰が無ければ［術式解体《グラム・デモリッション》］の想子流《サイオン》で他人の肉体を変調させることが可能。肉体にはその情報を写し取った想子《サイオン》情報体が重なっていて、その情報体の損傷が肉体の感覚にフィードバックされるからだ」

「……すみません。先輩が先ほど仰《おっしゃ》ったように、相手が魔法師の場合は情報強化に阻《はば》まれると思うのですが」

勇人《ゆうと》がさっき軽く触れたとおり、魔法師は無意識に自分の肉体を守る情報強化を展開している。肉体が他人の想子流《サイオン》に曝《さら》されても、情報強化の壁がその影響を遮断するはずだ。

「意識的に展開した情報強化ならともかく無意識の情報強化であれば、事象干渉力を伴わない想子《サイオン》流でもやり方次第で突破できる」

茉莉花《まりか》が目を見開く。それは驚きと、理解の表情だった。

「――それが、アーシャが見付けた『解決策』ですか？」

「そうだ」

勇人《ゆうと》は睨《にら》み付《つ》けるような眼差《まなざ》しを茉莉花《まりか》に向けながら、力強く頷《うなず》いた。

「そのやり方を教えていただけるのですか？」

「いいや」

礼儀を保った茉莉花《まりか》の問い掛けに、勇人《ゆうと》は首を横に振った。

「教えるのではない。覚えてもらう」

「……」

「君たちの付き合いに干渉するつもりはないし、アリサが倒れたのは君の責任ではないと理解している。だが君の為《ため》にアリサが無理をしたことが、無意味に終わるのは断じて認められない」

……勇人《ゆうと》の言い分は、性質的に言って逆恨みに近い。ハッキリ言って八つ当たりだ。茉莉花《まりか》には、勇人《ゆうと》の八つ当たりに付き合う義務は無かった。義理も、無いだろう。

「何を覚えれば良いんでしょうか」

だが茉莉花《まりか》はその八つ当たりを、進んで受《う》け容《い》れた。

積極的に取り込もうとしていた。

「想子《サイオン》の波形と振動数を一つに揃《そろ》える。原理はまだ分からないが、至近距離から統一された想《サイ》子《オン》の波を継続的に送り込むことで、魔法障壁にも情報強化にも穴を空けることができる」

振動数を統一した波を送り込む。アリサが「想子《サイオン》のレーザー」と表現したのは、この共通点を伝えようとしたものだった。

「どの位、続ければ良いんですか？」

「一秒も必要ない。〇・五秒程度で十分だ」

「分かりました。――具体的にはどうすれば、想子《サイオン》波を統一できるのでしょうか」

少なくとも一般には知られていない技術の、核心に関する質問。

「一つのことを一心に念じれば良い」

勇人《ゆうと》の答えに、淀《よど》みは無かった。

「想子《サイオン》は意思や思考を形にする粒子と言われている。この仮説を裏返せば、意思や思考を統一すれば、その間の想子《サイオン》の形も統一されることになる」

「一つのことだけを念じている間は、想子《サイオン》波が同じ波形と振動数に維持されるということですね」

「難しいことではあるまい」

雑念を消すという普通なら困難な技を、勇人《ゆうと》は事も無げに「難しくない」と言った。

「少なくとも試合中は、勝つことだけを、相手を倒すことだけを考えていれば良い」

「……どう倒すかも、迷ってはいけないということですね」

「できないか？」

「いえ、やります」

「できます」ではなく「やります」。

勇人《ゆうと》の挑発を、茉莉花《まりか》は正面から受けて立った。

【8】全国大会

八月三十日、日曜日の朝。

第一高校マーシャル・マジック・アーツ部一同は、日本武道館の前に集まっていた。

「おお〜」と茉莉花《まりか》が感嘆の声を上げる。

すかさず千香《ちか》から「予選の時とは随分態度が違うな？」とからかう口調のツッコミが飛んだ。

「部長。だって、日本武道館ですよ！　気持ち、上がりません？」

「茉莉花《まりか》、お前……。東京《とうきょう》に来て何ヶ月になるんだ」

「まだ五ヶ月です！　日本武道館は初めてです！」

呆《あき》れ声の千香《ちか》に、茉莉花《まりか》はまるきり悪びれた様子もなく答える。

周りの部員たちは皆、微笑《ほほえ》ましげに苦笑していた。

「処置無し」という顔で頭《かぶり》を振った千香《ちか》が、茉莉花《まりか》に改めて目を向けた。そして、彼女の隣が空いているのに気付いて眉を曇らせた。

「……茉莉花《まりか》。十文字《じゅうもんじ》の体調は、まだ芳《かんば》しくないのか？」

「いえ、大丈夫そうですよ。本人が言っているだけでなくて、あちらのお医者様も大丈夫だと言っていました」

茉莉花《まりか》には、特に強がっている様子は無かった。

「アーシャは開幕の時間に合わせて、十文字《じゅうもんじ》先輩と一緒に来るそうです」

「副会長と？」

問い返す千香《ちか》の声と表情には、意外感が込められていた。

さっきは苦笑される側だった茉莉花《まりか》が、その問い掛けに苦笑いを浮かべる。

「一昨日のあれから十文字《じゅうもんじ》先輩、甘やかしモードと言うか過保護モードと言うか、溺愛モードに入っているみたいで……」

それを聞いて噴き出したのは、千香《ちか》だけではなかった。


受付開始の時間になり、茉莉花《まりか》たち一高マジック・アーツ部員は他の参加者の邪魔にならないよう自然に列を作って入り口へ向かった。

その途中、少し後ろで「おお～」という感嘆の声が上がったのを茉莉花《まりか》は聞いた。「自分と同じことをしている」と思った茉莉花《まりか》は、振り返らずにはいられない。

振り返って、声を上げた女子と目が合った。二人が同時に上げた「あっ！」という声は、恥ずかしいシーンを見られた／見た気まずさによるものではなかった。

「一条《いちじょう》さん」「遠上《とおかみ》さん」

このセリフも、二人の少女から同時に放たれた。

「今から受け付け？」

茜《あかね》がシャイな笑みを浮かべながら歩み寄り、茉莉花《まりか》に訊《たず》ねる。お上りさんのような真似《まね》を見られたのはやはり、気恥ずかしかったのだろう。

「うん、そっちも？」

茉莉花《まりか》も茜《あかね》の方へ歩を進め、質問の形で応じた。自分も茜《あかね》と同じことをした、とは、茉莉花《まりか》は言わなかった。高度な心理作戦——ではない。茉莉花《まりか》には恥ずかしい真似《まね》をしたという意識が無かったので、フォローする必要も覚えなかったのだ。

「対戦、楽しみにしてる」

茜《あかね》がそう言えば、

「なるべく早く当たりたいね」

茉莉花《まりか》もこう応える。

二人とも、優勝より目の前の相手との戦いを望んでいるようにすら見えた。

「籤《くじ》を引くのはあたしの方が先だから、遠上《とおかみ》さんの籤運《くじうん》次第だよ」

「まいったな。あたし、籤運《くじうん》はあんまり自信が無いんだよ」

茜《あかね》の言葉に、茉莉花《まりか》は苦笑いで応えた。

二人とも、トーナメントで対戦できること自体は全く疑っていなかった。

最悪でも決勝で戦えると、二人とも根拠無く確信していた。

◇　◇　◇

今日、日本武道館で行われるのは男女十八歳以下部門だ。試合数の関係で、年齢無制限部門は来週、有明《ありあけ》アリーナで行われる。

男女三十六人ずつのトーナメント。籤運《くじうん》が悪い選手は優勝までに六試合、それ以外の選手は五試合を戦う。――一回戦は四試合。籤運《くじうん》が悪い選手は全体の四分の一以下ということになる。

トーナメントの組み合わせは地区予選と違って、選手が自分で籤《くじ》を引く。籤《くじ》を引く順番は恣意が入り込む余地が無い基準で、東京《とうきょう》から遠い順だ。透視を始めとする籤《くじ》の不正は厳しく取り締まられている為《ため》、理屈の上ではこの順番で有利不利が生じることはない。

トーナメント表は九時に完成した。予定どおりだ。

幸い一高の選手は男女とも、運が悪い四分の一には該当しなかった。

順当に勝ち抜いて行けば、茉莉花《まりか》が千香《ちか》と当たるのは準決勝だ。それを見て、茉莉花《まりか》は危機感に似た緊張を覚えた。

茉莉花《まりか》と茜《あかね》は別ブロック。対戦できるのは決勝戦だ。茜《あかね》と戦う為《ため》には、その前に千香《ちか》を倒さなければならない。

茉莉花《まりか》の緊張はすぐに、闘志に置き換わった。

同じ頃、茜《あかね》はトーナメント表を見て落胆を覚えていた。

「茜《あかね》、遠上《とおかみ》さんとは別ブロックになってしまいましたね」

茜《あかね》の心情を察したレイラが、慰める口調で茜《あかね》に話し掛けた。

「——ううん、楽しみは決勝戦まで取っておくよ」

レイラにこれ以上は気を遣わせまいと思ったのか、茜《あかね》は明るい声でそう応えを返す。それは、第三者には「決勝までは楽勝」とも聞こえるセリフと口調だった。

「ふーん……。うちらのことは眼中に無いってことか」

棘《とげ》の生えた口調の、聞こえよがしのセリフ。

茜《あかね》とレイラが振り向くと、そこには長身で手足の長い女子選手が立っていた。

今日この会場に来ている選手なのだから十八歳以下なのは間違いない。だが私服に着替えて化粧をすれば、大学生でも通用しそうな容姿だった。日に焼けているのか元々なのか、やや浅黒い肌も、目鼻立ちがハッキリした彼女にはむしろチャームポイントになっている。

「まあ、十師族《じゅっしぞく》直系でマジック・アーツ界のプリンセス様にとっては、ナンバーズですらない雑魚《ざこ》なんて単なる通過点でしかないよね」

今度は聞こえよがしではなく、正面から茜《あかね》に向かって嫌みが投げ付けられた。

「……あたしのことはご存じのようだけど、貴女《あなた》は？　本当に申し訳ないのだけど、記憶に無いわ。よければお名前を教えてもらえない？」

　これだけ明確に敵対姿勢を示されると、茜《あかね》も初対面の相手に対する礼儀を守ろうという気が無くなる。茜《あかね》は慇懃《いんぎん》無礼《ぶれい》な態度で皮肉な声を返した。

「初対面だから記憶に無いのは当たり前。むしろ知られていたら怖いわ～」

　茜《あかね》にはあいにくなことだが、嫌みの腕前は相手の女子が上回っているようだ。

「うちは八幡《や はた》巴絵《ともえ》、九高の二年生。二十八家《にじゅうはっけ》の八幡家《はちまんけ》と同じ漢字だけど、あいにくと関係は無し。第八研ともナンバーズとも無関係よ」

「どうもご丁寧に。必要無いかもしれませんけど、改めて。一条茜《いちじょうあかね》です」

　二年生と聞いて表面上だけは丁寧に、茜《あかね》は名乗り返した。

「運良く勝ち抜けたら準決勝で対戦するわ。その時はよろしく」

　巴絵《ともえ》は「フッ」と笑って、茜《あかね》に背を向けた。

「……運良くなんて言っていましたけど、彼女、自信ありそうでしたね」

　その背中を見送りながら、レイラが茜《あかね》に小声で話し掛ける。

「うん。多分だけど、彼女、強いよ」

　茜《あかね》は楽しそうな笑みを浮かべて、その言葉に頷《うなず》いた。

◇◇◇

九時半になり、第一回戦が始まった。

ここでは、茉莉花《まりか》の出番は無い。だが応援席にはちゃんと、アリサの姿があった。彼女の隣には、本人が宣言したとおり勇人《ゆうと》が付き添っている。

視線に気付いたアリサが、茉莉花《まりか》に向かって笑顔で手を振った。

茉莉花《まりか》も大きく手を振り返そうとして、勇人《ゆうと》の視線に気付く。勇人《ゆうと》は茉莉花《まりか》を睨《にら》み付《つ》けているわけではなかったが、何となく軽々しい態度は取れないような気がして、茉莉花《まりか》はアリサの応援にお辞儀を返した。

まるで、敬礼のようなお辞儀だった。

応援に来ているのは無論、アリサだけではなかった。観客の中にエリカの姿を見付けて、茉《ま》莉花《りか》は「あっ」という形に口を開けた。

視線が合い、慌てて勢い良く頭を下げる。

エリカはニヤッと笑って、茉莉花《まりか》にサムズアップをして見せた。

古代の闘技場では敗者助命嘆願のサインだが、エリカの意図はおそらく逆だろう。「どいつもこいつもぶっ倒せ」というエールだと思われる。

茉莉花《まりか》はエリカのサムズアップに、人差し指と中指を伸ばして立てるサインで答えた。第三者にはピースサインにしか見えなかっただろう。

だが茉莉花《まりか》の意図は違う。エリカの理解も違う。それは、控えめなジェスチャーだったが、紛れもなくビクトリーサインだった。


観客席の、エリカのほぼ反対側には人だかりができていた。有名人が来ているのだ。

芸能人ではない。政治家や実業家でもない。ある意味で、大臣よりも、巨大企業グループのオーナーよりも重要で希少な人物。

世界でただ一人の魔人の存在で影が薄くなっているのは否《いな》めないが、それでも日本に二人しかいない、世界でも十三人、数え方によっては十一人しかいない国家公認戦略級魔法師の一人。

一条将輝《いちじょうまさき》が、観客席にいた。

彼は女子部門の優勝候補、一条茜《いちじょうあかね》の実兄だ。魔法大学に在学中であり、夏休みも終わりが近付いているこの時期は、東京《とうきょう》に戻っていてもおかしくない。また東京《とうきょう》にいれば、妹の応援に来るのもおかしくない。兄妹《きょうだい》仲は決して悪くないから、むしろ応援に来ない方が不自然だろう。

だが魔法関係者も大勢来場している今この場では、密集状態を引き起こすサプライズになっていた。

しかし当の茜《あかね》にとっては、兄よりもその隣で居心地悪そうにしている男性の方が重要だった。

「あっ、真紅郎《しんくろう》くーん！」

茜《あかね》が恥ずかしげもなく手を振る。

客席の真紅郎《しんくろう》は、恥ずかしそうに小さく手を振って返した。

「茜《あかね》、時間ですよ！」

運が悪い八人の内の一人になってしまった茜《あかね》だったが、吉祥寺《きちじょうじ》真紅郎《しんくろう》の応援を受けて、気合い満タンで一回戦のリングに上がった。

◇　◇　◇

茉莉花《まりか》は二回戦、三回戦と順調に勝ち上がった。

そして、準々決勝の相手の名は、九鬼《くき》涼風《すずか》。

「九鬼《くき》さんって、師補《しほ》十八家《じゆうはつけ》のお嬢さんですか？」

観客席のアリサが、隣から離れようとしない勇人《ゆうと》に訊《たず》ねる。

「直系ではなく、遠縁から取った養女だよ」

答えたのは、何時《いつ》の間《ま》にか勇人《ゆうと》の隣に座っていた早馬《そうま》だった。

「あっ、だから二高ではなく地元の高校に通っていらっしゃるんですね」

選手リストには、本人が公開を許可した範囲のプロフィールが添付されている。その範囲は様々で、地区予選で茉莉花《まりか》が戦った羽田《はだ》選手のように自分の流儀までプロフィールの形で宣伝している選手もいれば、氏名、年齢、身長、体重――これらは必須項目だ――以外の情報公開を拒んでいる選手もいる。

九鬼《くき》選手は必須項目以外に、現在通っている学校名も公開していた。その校名は、魔法師の社会では全く知られていない、九鬼家《くきけ》の地元の公立普通科高校だった。

「養女だなんて内部事情を良く知っていたな……。お前のことだ。他にも知っていることがあるだろう」

勇人《ゆうと》が早馬《そうま》に目を向け、言葉ではなく視線で「さっさと吐け」と詰め寄る。

「九鬼涼風《くきすずか》は厳密に言えば、旧第九研出身の魔法師じゃない」

早馬《そうま》はあっさり自分の持つ情報を開示した。

「どういうことだ？」

「彼女は旧第九研が古式魔法師を取り込む為《ため》に利用した『忍術使い』の孫娘だ。九鬼家《くきけ》と遺伝子的なつながりはあるが、血のつながりは無い」

「遺伝子操作のパーツか……」

勇人《ゆうと》が声に嫌悪《けんお》感を滲《にじ》ませる。

「古式魔法師の魔法因子を取り込む為《ため》に、婚姻でも人工授精でもなくキメラ化を⁉」

アリサが口を片手で押さえて目を見開いた。

「結局、生まれてきたのは普通の現代魔法師だったんだけどね。まあ、魔法因子が発現したという意味では成功だったんじゃないかな」

「早馬《そうま》。もしかして九鬼家《くきけ》に癌《がん》の発症者が多いのは……」

二十八家《にじゆうはつけ》の一つである九鬼家《くきけ》は、偶然で説明がつく範囲を超えて癌《がん》を発症する者が多い。遺伝子の組み合わせを慎重に吟味した魔法師開発研究所の成功例である二十八家《にじゆうはつけ》の内、他の二十七家は遺伝病の発生がむしろ少ない傾向にあるので——肉体的な要因以外の理由で健康を損なう例は多い——、九鬼家《くきけ》だけが特殊な遺伝子操作をされたのでは、という説は以前から日本魔法界の片隅で囁《ささや》かれていた。

「彼女の場合は遺伝子サンプルを提供した側の子孫だ。キメラ化措置の影響は無いはずだよ」

早馬《そうま》は勇人《ゆうと》のセリフを引き継がずに、肩を竦《すく》めて九鬼家《くきけ》の話題を終わらせた。

九鬼《くき》選手が日本武道館の天井の下を跳ね回る。彼女の空中殺法に、茉莉花《まりか》は苦戦を強いられていた。

ただ飛び跳ねるだけの相手なら、茉莉花《まりか》が対応に苦労することはない。九校戦のミラージ・バットで、「跳ねる」のではなく「飛ぶ」相手と競い合った経験が茉莉花《まりか》の中には蓄積されている。

九鬼《くき》選手の動きは立体的だが、やっていることはあくまでもヒットアンドアウェイだ。対処法は距離を詰めて乱打戦あるいはサブミッションに持ち込むか、タイミングを合わせてカウンターを打ち込むか。

茉莉花《まりか》は当初、守りを固めてカウンターを取る戦術を選択した。［リアクティブ・アーマー］や硬化魔法で打撃を跳ね返すのではなく、有効打を取られないようにパーリングやブロッキングで敵の攻撃を防御してカウンターを狙う戦い方だ。

だが九鬼《くき》選手は茉莉花《まりか》がカウンターの態勢に入ると、それを読んでいるかの如《ごと》く決まって急加速し茉莉花《まりか》にカウンターを打たせない。自分が攻撃を当てた後に限ったことではなく、攻撃を中断してでも回避を優先している。

もしマジック・アーツに「積極性」のポイントがあったなら、判定負けもあり得る戦い方だ。あるいは「消極性」に対して指導が与えられるルールなら反則負けもあり得るかもしれない。

だがマジック・アーツにはテクニカルKOにつながる「有効打」以外に判定の要素は無い。試合に時間制限が無いから「優勢勝ち」を導入する必要が無かったのだ。

優勢・劣勢判定による勝敗を気にする必要が無いから、回避主体の戦法が採れる。

そもそも実戦では「逃げ切ることが勝ち」という状況もあり、それを否定する「判定負け」はある意味で、現実的ではないとも言える。

「忍術」が元々、逃走に重きを置く技術体系だからなのか、九鬼《くき》選手の回避技術は群を抜いていた。少なくとも茉莉花《まりか》のカウンター技術では捕捉が難しかった。

この状況を、茉莉花《まりか》は割り切りで打破した。

「有効打」を取られることを容認した上で［リアクティブ・アーマー］を展開。

相手のキックを顔面で無防備に受け止め、直後に［リアクティブ・アーマー］を解除してその足を捕まえる。逃れようともがく九鬼《くき》選手を寝技に引きずり込み、そのまま絞め技で落として勝利を収めた。

心臓に悪い茉莉花《まりか》の勝ち方に、アリサは胸を押さえてフゥッと息を吐《つ》く。取《と》り敢《あ》えず勝てたので一安心だが、応援に来ていた他の一高生は、喜んでばかりもいられなかった。

準々決勝四試合は同時に行われ、他の三試合は既に終了していた。千香《ちか》は勝利を収め、茉莉《まり》花《か》との準決勝対決が決定している。しかしもう一人の一高生、横山笑《よこやまえみ》は一条茜《いちじょうあかね》に敗れ、準々決勝敗退となってしまった。

準決勝は男子の準決勝の後に行われる。試合は十五時から。待ち時間は四十分以上ある。各選手は心身を休める為《ため》、残った勝者用に割り当てられた控え室に移動した。

「行かないの？」

勇人《ゆうと》の向こう側から、早馬《そうま》がアリサに問い掛ける。

「控え室にですか？」

アリサの反問に早馬《そうま》は「うん、そう」と頷《うなず》いた。

「……今は止めておきます。次の準決勝は部長さんとの試合ですから」

「何と声を掛ければ良いのか分からない？」

こう訊《たず》ねたのは勇人《ゆうと》だ。

「そうですね。勝って、と言うのは簡単ですけど、そんなに簡単に割り切れるものじゃないと思うし」

「頑張って、の一言で良いんじゃないの？」

「誘酔《いざよい》先輩……そうでしょうか？」

「他ならぬ親友からの一言だからね。それだけでも随分違うと思うけど」

「……」

早馬《そうま》の言葉を噛《か》み締《し》めるように考え込んでいたアリサが、いきなり立ち上がった。

「勇人《ゆうと》さん。やっぱり行ってきます」

「俺も行こう」

続けて勇人《ゆうと》が立ち上がる。

「じゃあ僕も」

同時に立ち上がった早馬《そうま》には、アリサと勇人《ゆうと》から「来なくて良いのに」という視線が浴びせられた。

「お二人はここで待っていてください」

控え室の扉を背にして、アリサが勇人《ゆうと》と早馬《そうま》に告げた。

「アリサ、何故《なぜ》——」

「おいおい、勇人《ゆうと》。女子の控え室だよ」

待たされる理由を訊《たず》ねようとした勇人《ゆうと》に早馬《そうま》からのツッコミが入る。

「あ、ああ、そうだな」

気まずげな表情の勇人《ゆうと》を残して、アリサは茉莉花《まりか》に割り当てられた控え室に入った。

「アーシャも来てくれたんだ」

控え室にいたのは、当然かもしれないが茉莉花《まりか》だけではなかった。

「意外ね。アリサは真っ先に来ると思ってたんだけど」

このセリフは明《めい》だ。控え室にはマジック・アーツ部の女子部員だけでなく、部員と一塊《ひとかたまり》の席で応援していたアリサと茉莉花《まりか》の友人も駆け付けていた。

「アリサさん、まだ体調が悪いんですか？」

「アリサ、替わるわ。座って」

小陽《こはる》がアリサの体調を気遣う言葉を投げ掛け、日和《ひより》が立ち上がって座っていた椅子を勧める。

「ありがとう、日和《ひより》。大丈夫よ」

アリサは椅子を辞退して、茉莉花《まりか》の前に膝を突いた。

「ミーナ、次の試合だけど……」

「勝つよ」

アリサが言葉を選び終える前に、茉莉花《まりか》はきっぱりと自分の意思を伝えた。

「部長には悪いけど、準決勝はあたしが勝つ。何が何でも勝つ。そして一条《いちじょう》さんと戦うんだ」

改めて見せ付けられる、茜《あかね》との試合に向けた茉莉花《まりか》の強い想《おも》いにアリサは圧倒される。

「……そんなに彼女と戦いたいの？　この前の雪辱をしなければ気が済まないとか？」

誰かと勝敗を競うことに何故《なぜ》ここまで執着できるのか、アリサには理解できなかった。

「雪辱とか、そんなんじゃないよ」

茉莉花《まりか》の笑みは、強がっているようには見えなかった。

「約束したから。それを果たすだけ」

「約束って……ミーナは『絶対に雪辱する』って言ってたと思うけど？」

「あはは、そうだったね」

「雪辱じゃない」と言い切った直後にそれと相反する自分の過去の言動を掘り起こされて、茉《ま》莉花《りか》は照れ笑いを漏らした。

「でもホント、勝ち負けじゃないんだよ。そりゃあ、やる以上は勝ちたいけどさ」

「……どっちなの？」

「いや、だから。向こうは年齢無制限の一般女子にエントリーしても、もしかしたら優勝できたかもしれないのに、こっちに合わせて十八歳以下の少女の部に来てくれたんだから。あたしもそれに報いなきゃ。勝ち負けはその次の段階だよ」

どうやら茉莉花《まりか》は「義理を果たさなければ」と言いたいようだ。アリサにはやはり、理解できなかったのだが。

「だったら次の試合、頑張らないとね」

「うん頑張って勝つよ」

茉莉花《まりか》はあくまでも、同じ一高生相手の次の試合に「勝つ」と言う。それは試合に出る選手としては当然かもしれない。

「勝ち負けはともかく、悔いが残らないように頑張って」

しかしアリサは、最後まで「勝って」とは言えなかった。

◇◇◇

準決勝、千香《ちか》との試合は熾烈《しれつ》を極めた。

互いに手の内を熟知した同士。様子見は無い。

両者とも最初からフルスロットルだった。

交差する拳と拳、蹴りと蹴り。

蛇の如《ごと》く、蜘蛛《くも》の如《ごと》く絡《から》みつき搦《から》め捕《と》るサブミッション。リングを揺らす投げ技。

攻と攻、攻と防、防と攻が目まぐるしく入れ替わる。

ただ観戦する観客の目は、茉莉花《まりか》と千香《ちか》の試合にばかり集中してはいなかった。

隣のリングでも予想外の熱戦が繰り広げられていた。

◇◇◇

準決勝の二試合は同時に行われている。

そのもう一方の試合、一条茜《いちじょうあかね》と八幡巴絵《やはたともえ》の一戦は、試合前の大方の予想に反して接戦になっていた。

優勝候補の茜《あかね》が予想外に苦戦していた、と言い換えても良いかもしれない。

八幡巴絵《やはたともえ》は百七十五センチの長身。一方の茜《あかね》は百五十五センチ。身長差は二十センチにも及ぶ。しかも巴絵《ともえ》は手足が長い体形で、リーチの差は身長差以上だ。

こうなると逆に、懐《ふところ》に入り込んでしまえば然程《さほど》苦労せずに対処できそうなものだが、巴絵《ともえ》はその体格に似合わぬスピードも備えていた。

無論、総合的なスピードは茜《あかね》が勝っている。だが腕の回転速度はむしろ巴絵《ともえ》が上回っていた。

息つく暇も無い間隔で矢継ぎ早に繰り出されるジャブを主体としたパンチ。その合間合間に意識の裏を突くようなタイミングで放たれるキック。そのキックもロングレンジの回し蹴りからショートレンジの膝蹴りまで多種多彩だ。その所為《せい》で、茜《あかね》は中々近付くこともできずにいた。

元々茜《あかね》はアウトレンジのストライカーだ。距離を取って、打撃技で戦うスタイル。巴絵《ともえ》のようなタイプに有効な、サブミッションは余り得意ではない。その意味で巴絵《ともえ》は相性が最悪とまでは言えないが、茜《あかね》にとって戦いにくいタイプだった。

ただ、それだけでは茜《あかね》が苦戦する理由にはならない。この試合はマーシャル・アーツではなくマーシャル・マジック・アーツなのだ。パンチやキックで有効打を与えられなくても、魔法でダメージを与えて勝ちにつなげることができる。

茜《あかね》が苦戦している最大の理由は、彼女の得意魔法［神経攪乱《しんけいこうらん》］が八幡《やはた》選手には通用しないという点にあった。

［神経電流攪乱《こうらん》］［ナーブ・インパルス・ジャミング］とも言われるこの魔法は師補十八家《しほじゅうはっけ》の一つ、一色家《いっしきけ》が得意とする魔法だ。国内では一色家《いっしきけ》固有の魔法と言っても良い。

一条家《いちじょうけ》の茜《あかね》がこの魔法を使えるのは、母親が一色家《いっしきけ》の本流に近い血筋だからだ。もっとも、一色家《いっしきけ》の血を引いていれば使えるという魔法でもない。同じ血を引く兄も妹も、母親も［神経《しんけい》撹乱《こうらん》」は使えない。一条家《いちじょうけ》でこの魔法を使えるのは茜《あかね》だけだった。

敵の神経インパルスに干渉して五感を狂わせ随意筋を麻痺《まひ》させる［神経撹乱《しんけいこうらん》］は、相手に接近しなければ使えない射程距離が短い魔法だ。茜《あかね》も、確実を期すなら相手に直接接触して発動する必要がある。

もっともマジック・アーツの試合では、相手に触れる機会など幾らでもある。茜《あかね》がマジック・アーツで勝利の山を築いてきたのも［神経撹乱《しんけいこうらん》］で相手の挙動を狂わせて決定打を叩《たた》き込むという必勝パターンを持っているからだった。

しかし八幡《やはた》選手には［神経撹乱《しんけいこうらん》］が通用しない。これは茜《あかね》が魔法の発動に失敗しているのではなく、八幡《やはた》選手が一色家《いっしきけ》に似た魔法の遣い手だからだった。

八幡《やはた》選手は特殊な呼吸法を発動キーとして、自身の神経インパルスを整える魔法を使用していた。おそらく肉体のパフォーマンスを一定水準に保ち続ける為《ため》の魔法だ。

アスリートが生活習慣で体調を管理するのと本質的に同じコンディションコントロール。それが結果的に、茜《あかね》の［神経撹乱《しんけいこうらん》］をシャットアウトしていた。

◇　◇　◇

千香《ちか》の蹴りが茉莉花《まりか》を弾《はじ》き飛《と》ばす。単なる蹴りではない。斥力魔法で威力を増した［リパルジョン・ナックル］のキックバージョンだ。

体勢を崩した茉莉花《まりか》に追撃を加えるべく千香《ちか》が迫る。だが茉莉花《まりか》の身体《からだ》は千香《ちか》が突進する以上のスピードで、弧を描きながら後退した。エリカから伝授された［滑空］による回避。

千香《ちか》に驚きは無い。彼女は茉莉花《まりか》がエリカから教えを受けている場面に立ち合っていた。それに千香《ちか》は千香《ちか》で、エリカから別の技を教わっていた。

千香《ちか》がグッと身体《からだ》を沈め、床を蹴る。次の瞬間、千香《ちか》は茉莉花《まりか》の目の前にいた。エリカが継承している千葉家《ちばけ》の秘術［山津波《やまつなみ》］――慣性制御により自分自身と自分の得物の慣性を極小化し、自己加速魔法で敵に迫り、斬撃の瞬間に今度は慣性を増幅して増大した見かけ上の慣性質量で敵を叩《たた》き斬る技――の基礎となる慣性制御魔法と自己加速魔法の複合術式だ。

千香《ちか》がその移動スピードをそのまま載せた正拳突きを繰り出した。茉莉花《まりか》はそれを［リアクティブ・アーマー］ではなく硬化魔法で受ける。

［リアクティブ・アーマー］は肉体を基準としてその相対座標の上に展開されるものだが、魔法シールドの一種として特定の空間に固定されるという性質とも無縁ではない。

つまり［リアクティブ・アーマー］を発動中の茉莉花《まりか》は、そうでない場合に比べて外部から力を加えられても移動させられることに抵抗力がある。

それは攻撃を受けても跳ね飛ばされにくいということであり、同時に攻撃を利用して敢《あ》えて飛ばされ距離を取るのが難しいということでもある。

その点、硬化魔法にはそのような制約はない。茉莉花《まりか》は千香《ちか》からいったん距離を取る為《ため》に、防御の手段として硬化魔法を選んだのだった。

このことは千香《ちか》の意表を突いた。いや、予測を外したと言うべきか。

四月に茉莉花《まりか》が一高マジック・アーツ部に入部してから、千香《ちか》は茉莉花《まりか》と何度も対戦してその手の内を大体把握している。KOにつながるような強打を浴びせられた場合は、魔法シールドを纏《まと》ってその場で打撃を受け止め即座に反撃するのが茉莉花《まりか》の多用するパターンだった。

無論強打を躱《かわ》して仕切り直すというパターンもあった。だが相手の打撃を利用して、その衝撃力で自ら飛ばされ距離を取るという行動パターンは新しいものだった。

新しく覚えた硬化魔法と［滑空］で千香《ちか》の間合いの外へ逃れた茉莉花《まりか》。もちろんそれは、逃げる為《ため》だけの組み立てではなかった。

距離を確保したところで［滑空］の解除と［リアクティブ・アーマー］の発動を同時に行う。

魔法装甲越しに床を踏み締めた茉莉花《まりか》は、単純な自己移動魔法によって千香《ちか》へ突撃した。

この一連の流れは千香《ちか》の意表を突くものだった。単純な移動魔法は加速のプロセスを持たず対象をいきなりトップスピードに乗せる。故に自己移動魔法は通常、慣性でダメージを受けないように移動距離と移動時間を調節――つまり速度を調節するか、慣性中和魔法を併用する。

そして［リアクティブ・アーマー］は慣性というダメージからも術者を保護する。

茉莉花《まりか》は全力で突進し、魔法装甲越しの体当たりで千香《ちか》を跳ね飛ばした。

カウントが始まる。千香《ちか》はカウント九《ナイン》で身体《からだ》を起こしたが、そこが限界だった。

茉莉花《まりか》はこの大舞台で初めて、千香《ちか》を相手に勝利した。

◇◇◇

茉莉花《まりか》が決勝進出を決めても、茜《あかね》の試合はまだ続いていた。

茜《あかね》はまだ巴絵《ともえ》の距離を攻略できていない。上手《うま》く懐《ふところ》に飛び込めても、ボクシングと違って膝蹴りや肘打ちがある。打撃技だけでなく、巴絵《ともえ》には細身の身体《からだ》に似合わぬパワーもあって、軽量な茜《あかね》を振り回して力尽くで投げ倒すこともできた。

一度投げられ、踏み付けを喰《く》らい掛けて、茜《あかね》も不用意に組み付かなくなっている。今の戦い方は茉莉花《まりか》の準々決勝の相手、九鬼《くき》涼風《すずか》選手を思わせるヒットアンドアウェイだ。

フットワークを含めた総合的なスピードは茜《あかね》が勝っている。巴絵《ともえ》も茜《あかね》の打撃を完全に捌《さば》くことはできず、徐々にダメージを蓄積していた。だがまだ、戦闘不能には至っていない。

しかし巴絵《ともえ》は、茜《あかね》のちょこまかとした攻撃に苛立《いらだ》ちを堪《こら》えきれなくなったのだろう。積極的に、茜《あかね》を捕まえに掛かった。

巴絵《ともえ》本人はサブミッションにも自信があったのだろうか。しかしこの戦術転換が彼女の敗因になった。

巴絵《ともえ》が首相撲の体勢に茜《あかね》を抑え込もうとする。

茜《あかね》は特に抵抗しなかった。

茜《あかね》の掌《てのひら》が巴絵《ともえ》の腹に宛がわれる。

次の瞬間、巴絵《ともえ》の身体《からだ》が崩れ落ちた。

腹を押さえて横たわる巴絵《ともえ》。

カウントが進み、茜《あかね》の勝利が宣告された。


茉莉花《まりか》の試合が終わった直後から、アリサは親友の決勝戦に少しでも役立てる為《ため》に茜《あかね》の試合を注視していた。そして巴絵《ともえ》がダウンした瞬間、観客席でアリサは腰を浮かせた。

「あれは、アリサが問題視した［生体液震《オーガン・クエイク》］か……？」

勇人《ゆうと》が低い声でアリサに訊《たず》ねる。

「はい……、いえ、分かりません……」

戸惑いを滲《にじ》ませながらアリサは椅子に座り直した。八幡《やはた》選手が倒れた瞬間は［生体液震《オーガン・クエイク》］で間違いないと思ったのだが、そうと断言できない違和感が生まれていた。

「似ているけど、全く同じではないな」

早馬《そうま》がその違和感を正しいと断じた。

「八幡《やはた》選手を倒した打撃はおそらく――いや、間違いなく［浸透勁《しんとうけい》］だ。ただし運動力学《キネティクス》でシステムが解明されている浸透勁《しんとうけい》じゃなく、僕たちの領域に属する［浸透勁《しんとうけい》］だろうね」

「魔法的な技術ということか？」

勇人《ゆうと》の質問に、早馬《そうま》は「そのとおり」と頷《うなず》いた。

「魔法で浸透勁《しんとうけい》と同じ波動を再現しているんだろうね。多分［生体液震《オーガン・クエイク》］をダウングレードしたんじゃないかな」

「ダウングレード……」

アリサの呟《つぶや》きに、早馬《そうま》が意味ありげな笑みを返す。

「十文字《じゅうもんじ》さんに殺傷性ランクを指摘されたのがこたえたんじゃない？」

「……態々《わざわざ》ダウングレード版を作ったのは、試合で使う為《ため》ですよね？」

「そうだろうね」

早馬《そうま》の答えを聞いて、アリサは腰を浮かせた。

「ミーナに教えてあげなきゃ」

アリサが立ち上がるのと同時に、勇人《ゆうと》も立ち上がった。

勝利を収めて控え室に戻ってきた茜《あかね》は、腰を下ろすなり「参ったな」と呟《つぶや》いた。

「決勝戦の前に［浸透勁《しんとうけい》］を使わせられちゃったよ」

隣に立つレイラに、茜《あかね》が申し訳なさそうな笑みを向ける。

「せっかく遠上《とおかみ》さんとの試合用に、レイちゃんが教えてくれたのに……」

茜《あかね》が言うように、［生体液震《オーガン・クエイク》］をダウングレードして殺傷力を下げた［浸透勁《しんとうけい》］は茉莉花《まりか》との試合の切り札として、レイラから東亜大陸流武術の浸透勁《しんとうけい》を教わりそれを元にして作り出したオリジナル術式だった。

茉莉花《まりか》と対戦するまで、茜《あかね》は［浸透勁《しんとうけい》］を使うつもりはなかった。さっきのは巴絵《ともえ》が想定を超えて手強《てごわ》かった所為《せい》で、思わず出してしまったものだった。

「遠上《とおかみ》さんの試合も同時でしたし、見られた可能性は低いと思いますよ」

レイラが慰めの言葉を掛ける。ただその声に確信は無かった。

「遠上《とおかみ》さんが見ていなくても十文字《じゅうもんじ》さんが教えるだろうし……」

ぼやく茜《あかね》。レイラはその言葉を否定できなかった。

◇　◇　◇

女子準決勝に続いて行われた男子決勝では、一高男子部部長の千種《ちぐさ》が無事に優勝を飾った。去年の大会では前部長が九高の前部長に敗れている。その雪辱を果たした格好になった。

そして次は女子決勝戦。茉莉花《まりか》の控え室にはアリサや明《めい》たちだけでなく、トーナメントに出場していた千香《ちか》と笑《えみ》を含むマジック・アーツ女子部員全員が集まっていた。

「茉莉花《まりか》、待ちに待った再戦だ。気合いを入れてけ。残った気力と体力を全部絞り出して一《いち》条茜《じょうあかね》にぶつけてこい！」

「はいっ！」

千香《ちか》の激励に闘志に溢《あふ》れた声で応える茉莉花《まりか》。それに続いて、女子部員が次々に「頑張って」「今度は勝てるよ」と茉莉花《まりか》に声を掛けた。その熱気と勢いに圧倒されて、アリサは中々茉莉花《まりか》に近付けない。

「ミーナ、頑張って」

茉莉花《まりか》が控え室を出てリングに向かう途中で、アリサはようやくその一言を掛ける機会を得た。

茉莉花《まりか》は振り返って、「うん、勝ってくるよ」と晴れ晴れとした笑顔で応えた。

リング上で、茉莉花《まりか》と茜《あかね》が向かい合う。

二人の間に言葉は無い。二人の目には、ただ闘志のみがある。

お互いに、望んでいた再戦。

今、その決戦の火蓋が切られた。

試合は最初、二ヶ月前、正確には八週間前と同じ展開で進んでいた。ジャブの交換からストレート、フック、アッパーといった多彩なパンチの打ち合い、そこにキックが加わり、魔法ならではのトリッキーな攻撃が追加される。

二人がいったん、互いに距離を取った。双方数発のパンチとキックを貰《もら》い、少しのダメージを受けている。

二人が目を合わせて睨《にら》み合《あ》う。二人の瞳は、闘志と期待感で満ちていた。

(やっぱり速い……)

茜《あかね》の視線から目を逸《そ》らさず、同時に彼女の全身を意識に収めながら茉莉花《まりか》は思った。

(口惜《くや》しいけど、スピードではまだ負けているかな)

(でも対応できない程じゃない)

(［神経攪乱《しんけいこうらん》］も今のところ、ちゃんとブロックできている)

(行ける！　いや、行くんだ！)

心の中で自分を鼓舞して、茉莉花《まりか》はリングを蹴った。

(やっぱり、ディフェンスが堅い……)

茉莉花《まりか》の視線から目を逸《そ》らさず、同時に彼女の全身を意識に収めながら茜《あかね》は思った。

(それに、随分上手《うま》くなってる。まだ二ヶ月くらいしか経《た》っていないのに)

（前は［神経攪乱《しんけいこうらん》］を防ぐのも力任せ、魔法力《まほうりょく》任せみたいなところがあったけど……）

（今日はタイミングを合わせて的確に防いでる）

（これはもっと、気を引き締めていかなくちゃ！）

茜《あかね》は自分自身にそう言い聞かせて、襲い掛かってくる茉莉花《まりか》を迎え撃った。


そこから試合は急加速した。まるでディフェンスを無視したような打撃の応酬。

ただしどちらもダメージは負っていない。

茉莉花《まりか》だけでなく茜《あかね》も魔法シールドを展開して相手の攻撃をシャットアウトしている。

ただお互いに有効打、「イフェクティヴヒット」によるポイントが加算されていった。


（……まずい）

（これはまずい流れだよ）

闘志をむき出しにした表情の下で、茉莉花《まりか》は焦《あせ》りを覚えていた。

部内の練習試合を含めて、茉莉花《まりか》は千香《ちか》との組み手で有効打によるテクニカルKO負けを何度も味わっている。今のままでは、それをここでも繰り返すことになりかねない。

（あたしと一条《いちじょう》さん、どっちが多くポイントを取られているんだっけ）

（どっちにしても、そんなに余裕は無いよね？）

（そんな終わり方は嫌だ！）

千香《ちか》に何度も苦杯を喫してテクニカルKOにアレルギー的な忌避感を懐《いだ》くようになっている茉莉花《まりか》は、戦い方を変えなければと短絡的に、強く思った。

（どうしたんだろ？）（チャンスだ！）

二つの思いが茜《あかね》の中で交錯した。

不自然なタイミングで攻勢を止めた茉莉花《まりか》。何かの罠《わな》か？　とも茜《あかね》は考えた。だが直感的に、ここで手を休めてはいけないと茜《あかね》は思った。

足を止めての打ち合いは、冷静に判断すれば茜《あかね》の方が不利だ。本来のスタイルを取り戻す為《ため》には、攻勢が緩んだこのタイミングでアウトサイドな戦い方に切り替えるべきだろう。

しかし茜《あかね》は、理性的な思考よりも直感を選んだ。彼女は敢《あ》えて、普段の自分とは違う乱打戦の継続を選択した。

テクニカルKOによる決着を避ける為《ため》に、シールドを解きガードを固めながらバックステップで距離を取ろうとする茉莉花《まりか》。

だが乱打戦の継続を望む茜《あかね》はそれを許さない。茉莉花《まりか》が下がる以上のスピードで茜《あかね》は距離を詰めた。自己移動魔法を使っても、茉莉花《まりか》は茜《あかね》を振り切れなかった。

仕切り直そうとして、できなかった茉莉花《まりか》。

させなかった茜《あかね》。

攻守の天秤《てんびん》はハッキリと、茜《あかね》の攻勢に傾いた。

「……」

ガードを固めて茜《あかね》の打撃に耐える茉莉花《まりか》から、アリサは耐えきれず顔を逸《そ》らした。

だがすぐに視線を戻して、茉莉花《まりか》をしっかり見詰める。アリサは両手を、無意識に強く握り締めていた。

「遠上《とおかみ》さんは何故《なぜ》シールド魔法を使わないんだ……？」

アリサの隣で、勇人《ゆうと》が訝《いぶか》しげに独り言を漏らした。

「テクニカルKO負けを避ける為《ため》じゃない？」

その独り言を拾って、早馬《そうま》が答えを返す。

「実際にダメージを負っても、魔法シールドを張っていなければポイントは取られないからさ」

勇人《ゆうと》はその答えに納得しなかった。

「だがこのままでは徒《いたずら》にダメージを蓄積するだけだ。相手の攻勢をいったん断ち切る方が優先される場面じゃないか？」

「勇人《ゆうと》は何か他の狙いがあると思うのかい？」

「無ければこのまま押し切られる」

勇人《ゆうと》の言葉を聞いて、アリサは一層強く両手を握り締めた。

これは、一条茜《いちじょうあかね》本来の戦い方とは少々異なっている。ヒットアンドアウェイで敵にダメージを蓄積して、十分弱ったところにフィニッシュの一撃を決める。それが茜《あかね》本来のスタイルだ。

茜《あかね》が茉莉花《まりか》に、息も吐かせぬラッシュを叩《たた》き込む。ここで試合を決めてしまう勢いだった。

彼女のいつもの戦い方を知っている者の目には、茜《あかね》が焦《あせ》っているようにも見えた。あるいは、逸《はや》っているのか。

「茜《あかね》、落ち着いて。もっと冷静に……」

高校入学前からずっと、彼女の練習相手を務めている一条《いちじょう》レイラ——劉麗蕾《リウリーレイ》は、祈るような口調で独り言を漏らした。

茜《あかね》がインファイトの距離から足を止めてラッシュを叩《たた》き込む。彼女が蒸気ピストンのような勢いで叩《たた》き込んでいるのは、正確に言えばパンチではなかった。

間断《かんだん》なく発動し続けている［神経攪乱《しんけいこうらん》］。敵の神経インパルスを乱し、狂わせる魔法を、茜《あかね》は茉莉花《まりか》に撃ち込み続けていた。

一見、茜《あかね》が圧倒的な優位に立っているように見える。

だが茜《あかね》本人の心情は、観客が考えているほど優位に立ってはいなかった。

(……くっ。まだ徹らない、い)

茜《あかね》はブロックされ続けている「神経攪乱《しんけいこうらん》」を、半ば意地になって撃ち込み続けていた。彼女のラッシュは、苛立《いらだ》ちの表れでもあった。

——この時、焦《あせ》りはむしろ茜《あかね》の方にあったかもしれない。

(ピンチピンチ。まずい、まずいよ!)

心の中で焦《あせ》りのセリフを垂れ流している茉莉花《まりか》だが、彼女の身体《からだ》と闘争心は——闘争をコントロールしている精神機能は、茜《あかね》の攻撃に的確に対応していた。

(何とかしなきゃ! 何とかしなきゃ!)

追い込まれて意識が分裂状態に陥った、とでも言えば良いのだろうか。表層的な感情が闘争を司《つかさど》る意識から切り離され、精神の闘争機能が純化されていた。

否《いや》、やはり「分裂状態」という言葉は相応《ふさわ》しくないだろう。「分業状態」の方が適切か。焦《あせ》りや動揺に左右されず、それを闘争から切り離して、茉莉花《まりか》は戦いに没頭していた。

彼女は武道家が言う「無我の境地」に近付いていた。

茜《あかね》のラッシュをブロッキングでガードする茉莉花《まりか》。

茜《あかね》が［神経攪乱《しんけいこうらん》］を連発しているように、茉莉花《まりか》もまた対電磁シールド魔法を発動し続けている。茉莉花《まりか》は［リアクティブ・アーマー］を敢《あ》えて使っていないのではない。［神経攪乱《しんけいこうらん》］に対抗する電磁シールドに魔法のリソースを集中投入しているのだった。

そうした魔法の攻防と同時に、打撃技の攻撃と防御も繰り広げられている。

茉莉花《まりか》のストッピング——茉莉花《まりか》が茜《あかね》のパンチを摑《つか》み取《と》ることに成功した。茜《あかね》のラッシュに停滞が生じる。

その瞬間「しまった！」と茜《あかね》は思った。電磁シールドを破ることに意識を奪われて、打撃のコンビネーションが疎《おろそ》かになってしまったという思いが彼女の脳裏を過《よぎ》った。その後悔がさらに一瞬、茜《あかね》の手足に重い枷《かせ》を付けた。

茉莉花《まりか》は「今だ！」という心の声を聞いた。分業状態で戦闘をコントロールしていた意識の声だ。俗に「無意識に身体《からだ》が動く」と言われる状態の、「無意識」に該当する意識の思考。

その思考に従い茉莉花《まりか》が動く。分かれていた茉莉花《まりか》の意識が一つに戻った。

茉莉花《まりか》が前に踏み込み、茜《あかね》の頭を抱え込む。首相撲の体勢から茉莉花《まりか》が膝蹴りを繰り出した。

一高生と三高生が集まっている辺りから、それぞれ悲鳴交じりの声援が湧き起こる。

（……）

今度は茜《あかね》の精神に「無意識状態」が訪れた。彼女の表層的な意識は闘争から切り離され、この場の最適解を肉体に命じた。

二度、三度と繰り出される膝蹴りを十字受けでブロックしていた茜《あかね》が、ブロックに使った直後の両腕で茉莉花《まりか》の胸を押し退けるような動作を見せる。

一高生の集団から少し離れた席で短い悲鳴が上がった。

アリサが上げた悲鳴だ。

彼女は、茜《あかね》の何気ない動作が［生体液震《オーガン・クエイク》］のダウングレード版である［浸透勁《しんとうけい》］であると気付いた。

アリサの悲鳴は声援に紛れた。

アリサの警告は茉莉花《まりか》の耳に届くことなく、

茜《あかね》の両手から、ダブルで［浸透勁《しんとうけい》］が放たれた。

茉莉花《まりか》がよろめき、後退する。

しかし、彼女は倒れなかった。

アリサは「視《み》」た。

茉莉花《まりか》は身体硬化魔法［バダリィフォージング］を咄嗟《とっさ》に発動して［浸透勁《しんとうけい》］を防いでいた。

ただ、［バダリィフォージング］は完全ではなかった。

その所為《せい》で、［浸透勁《しんとうけい》］の威力を完全には殺し切れていなかったが、半減以下に抑えることには成功していた。

（仕留めきれなかった？）

茜《あかね》の顔に意外感が過《よぎ》る。

（魔法シールドを使った形跡は無かった。［浸透勁《しんとうけい》］は確かに成功したのに）

戸惑いが茜《あかね》の心を乱す。

それでも、茉莉花《まりか》の表情に隠し切れないダメージを見て取り、茜《あかね》は勝敗を決するべく突進した。

茉莉花《まりか》はそれを迎え撃つべく、正拳突きの構えを取っている。

彼女の瞳にも、この一撃に勝負を懸ける決意の炎が燃えていた。

「ミーナ！」

アリサが思わず立ち上がる。

「勝って！」

そして、声を限りに叫んだ。

「頑張って」ではなく「勝って」と。

茉莉花《まりか》が微笑《ほほえ》んだように見えたのは、錯覚か、それともアリサの声が届いたのか。

茉莉花《まりか》は中段順突きを繰り出した。

(――勝つよ――)

この時、茉莉花《まりか》は正真正銘、ただ一つのことしか考えていなかった。

自分の勝利を願う声援に応える。その一念で彼女の心は占められていた。

繰り出されたのはフェイントもコンビネーションも無い、馬鹿正直な一撃。

スピードはあっても、何を打つのか、何処《どこ》を狙っているのか、読むのは容易《たやす》い。

茜《あかね》は突進から後退へ一瞬で切り替え、茉莉花《まりか》の突きが届く間合いのすぐ外へステップバックした。

茉莉花《まりか》は腕が伸びきった状態だ。

カウンターの、絶好のチャンス。

茜《あかね》がハイキックの態勢に入る。

ところが、
茜《あかね》の動きが、
そこで、止まった。

愕然《がくぜん》とした表情が茜《あかね》の顔に浮かぶ。

そのまま彼女は両膝を折り、胸を両手で押さえてリングに崩れ落ちた。

何が起こったのか誰も理解できず、静まりかえる館内。

「……やったのか？」

そこへ勇人《ゆうと》の、独り言というには大きな呟《つぶや》きが響く。

彼は理解した。

アリサも理解していた。

最後の最後で、アリサが解き明かした想子《サイオン》流による攻撃、アリサが言うところの［想子《サイオン》レーザー］が火を噴いたのだ。

茜《あかね》のダウンを認め、機械的なカウントが始まる。

一高生の間にざわめきが生まれ、三高生は悲鳴そのものの声援を送る。

その喧噪《けんそう》の中で、観客席のエリカは「へぇ……」と興味深げな笑みを浮かべていた。

カウント八《エイト》。

茜《あかね》が両手を突いて身体《からだ》を持ち上げる。三高生の声援が一高生の声を圧倒する。

カウント九《ナイン》。

茜《あかね》が横座りの体勢にまで身体《からだ》を起こす。三高生から割れんばかりのエールが起こる。

だが、しかし。

カウント十《テン》が告げられても茜《あかね》は立ち上がれなかった。

「それまで！　勝者、遠上《とおかみ》！」

レフェリーが試合終了を告げる。

今度は一高生の間から、爆発的な歓声が沸き上がった。

茉莉花《まりか》が静かに天を仰ぐ。

その顔に笑みは無い。勝利の雄叫《おたけ》びも無い。ただやり遂げた満足感だけが、彼女の表情を占めていた。

茜《あかね》がよろめく足を踏み締めて立ち上がり、茉莉花《まりか》の隣に歩み寄る。彼女は茉莉花《まりか》の右手を取り、その腕を高々と上げた。

会場に割れんばかりの拍手が鳴り響く。

客席のアリサも、泣きながら夢中で手を叩《たた》いていた。

全日本マーシャル・マジック・アーツ大会女子十八歳以下部門。

優勝は、遠上茉莉花《とおかみまりか》。

茉莉花《まりか》は激闘の末、茜《あかね》に雪辱を果たした。

あとがき

皆様、如何《いかが》お過ごしでしょうか。体調など崩されていませんか？
佐島《さとう》です。いつも御愛読いただきありがとうございます。

この原稿を書いている最中、不覚にも四十度の熱を出して寝込んでしまいました。その数日前から不調を感じてはいたのですが進捗がギリギリだった為《ため》、体調を無視して執筆を続けていたところ、原稿が大詰めに差し掛かったところで呆気《あっけ》なくダウンしてしまったという次第です。

……編集様を始めとする関係者の皆様、締切《しめきり》に間に合わせられずに申し訳ございません。

幸い新型コロナ《COVID-19》もインフルエンザも陰性でしたが、新型コロナウイルス《SARS-CoV-2》に感染していたらこの原稿は落としていたかもしれません。

怖いですねぇ。やはり体調管理には気を付けませんと。このご時世、神経質すぎるくらいの方が良いのかもしれません。ようやくワクチンだけでなく治療薬も出回り始めたようですし、早め早めに御医者様に診てもらうのが正解なのでしょう。医療関係者の皆様には本当に頭が上がりません。政府も自治体も、もっと医療関係者を大切にすべきだと思いますね。

あとがきの書き出しがいつもと違っているのは、このような事情からでした。

本シリーズも五巻目を迎えました。今回でこのシリーズは一つの区切りになります。と言ってもシリーズ完結ではありませんが。

シリーズの構成としては次の巻から新展開を考えているのですが、もしかしたら第六巻はコーヒーブレイク的な日常エピソードになるかもしれません。

今回は旧シリーズのメインキャラが、がっつり本編に絡《から》んできました。次巻以降も旧シリーズのキャラが登場する機会が増えますが、メインはあくまでもアリサと茉莉花《まりか》、そして彼女の友人たちです。

正直申しまして、これからの展開が私の現在の構想どおりになるのかどうか、不透明な部分があります。作者自身にもゴールが見通せない『キグナスの乙女たち』、次の第六巻も是非、ご期待ください。

それでは今回はこれくらいで。ここまでお付き合いくださり、ありがとうございました。

（佐島《さとう》　勤《つとむ》）

◉佐島　勤著作リスト

「魔法科高校の劣等生①～㉜」（電撃文庫）
「魔法科高校の劣等生SS」（同）
「魔法科高校の劣等生　Appendix①～②」（同）
「続・魔法科高校の劣等生　メイジアン・カンパニー①～⑤」（同）
「新・魔法科高校の劣等生　キグナスの乙女たち①～⑤」（同）
「魔法科高校の劣等生　司波達也暗殺計画①～③」（同）
「ドウルマスターズ1～5」（同）
「魔人執行官《デモーニック・マーシャル》　インスタント・ウィッチ」（同）
「魔人執行官《デモーニック・マーシャル》2　リベル・エンジェル」（同）
「魔人執行官《デモーニック・マーシャル》3　スピリチュアル・エッセンス」（同）

本書に対するご意見、ご感想をお寄せください。

ファンレターあて先
〒102-8177　東京都千代田区富士見2-13-3
電撃文庫編集部
「佐島 勤先生」係
「石田可奈先生」係

本書は書き下ろしです。

電撃文庫

新《しん》・魔法科高校《まほうかこうこう》の劣等生《れっとうせい》
キグナスの乙女《おとめ》たち⑤

佐島《さとう》 勤《つとむ》

2023年２月10日　初版発行

発行者　山下直久
発行　株式会社KADOKAWA
〒102-8177　東京都千代田区富士見2-13-3
0570-002-301（ナビダイヤル）
装丁者　荻窪裕司（META＋MANIERA）
印刷　株式会社暁印刷
製本　株式会社暁印刷

●お問い合わせ
https://www.kadokawa.co.jp/（「お問い合わせ」へお進みください）
※内容によっては、お答えできない場合があります。
※サポートは日本国内のみとさせていただきます。
※ Japanese text only

※定価はカバーに表示してあります。

ISBN978-4-04-914528-1　C0193　Printed in Japan

電撃文庫　https://dengekibunko.jp/

電撃文庫創刊に際して

文庫は、我が国にとどまらず、世界の書籍の流れのなかで〝小さな巨人〟としての地位を築いてきた。古今東西の名著を、廉価で手に入りやすい形で提供してきたからこそ、人は文庫を自分の師として、また青春の想い出として、語りついできたのである。

その源を、文化的にはドイツのレクラム文庫に求めるにせよ、規模の上でイギリスのペンギンブックスに求めるにせよ、いま文庫は知識人の層の多様化に従って、ますますその意義を大きくしていると言ってよい。

文庫出版の意味するものは、激動の現代のみならず将来にわたって、大きくなることはあっても、小さくなることはないだろう。

「電撃文庫」は、そのように多様化した対象に応え、歴史に耐えうる作品を収録するのはもちろん、新しい世紀を迎えるにあたって、既成の枠をこえる新鮮で強烈なアイ・オープナーたりたい。

その特異さ故に、この存在は、かつて文庫がはじめて出版世界に登場したときと、同じ戸惑いを読書人に与えるかもしれない。

しかし、〈Changing Times,Changing Publishing〉時代は変わって、出版も変わる。時を重ねるなかで、精神の糧として、心の一隅を占めるものとして、次なる文化の担い手の若者たちに確かな評価を得られると信じて、ここに「電撃文庫」を出版する。

1993年6月10日
角川歴彦

電撃文庫DIGEST　2月の新刊

発売日2023年2月10日

第29回電撃小説大賞《大賞》受賞作

新作 **レプリカだって、恋をする。**

著／榛名丼　イラスト／raemz

愛川素直という少女の身代わりとして働く分身体、それが私。本体のために生きるのが使命……なのに、恋をしてしまったんだ。電撃小説大賞の頂点に輝いた、ちょっぴり不思議な"はじめて"の青春ラブストーリー

第29回電撃小説大賞《金賞》受賞作

新作 **勇者症候群**

著／彩月レイ　イラスト／りいちゅ
クリーチャーデザイン／劇団イヌカレー（泥犬）

謎の怪物《勇者》が「正義」と称した破壊と殺戮を繰り返す世界。勇者殺しの少年・アズマと研究者の少女・カグヤ、これは真逆な二人の対話と再生の物語——！　電撃大賞が贈る至高のボーイ・ミーツ・ガール！

第29回電撃小説大賞《銀賞》受賞作

新作 **クセつよ異種族で行列ができる結婚相談所**
～看板ネコ娘はカワイイだけじゃ務まらない～

著／五月雨きょうすけ　イラスト／猫屋敷ぷしお

猫人族のアーニャがはたらく結婚相談所には、今日も素敵な縁を求めてたくさんの異種族が訪れる。彼氏いない歴三世紀のエルフ女子、厄介能力で冒険者ギルドを崩壊させた優男——ってみんなクセが強すぎでしょ！？

86—エイティシックス—Ep.12
—ホーリィ・ブルー・ブレット—

著／安里アサト　イラスト／しらび
メカニックデザイン／I-Ⅳ

多大な犠牲を払った共和国民の避難作戦。その敗走はシンたち機動打撃群に大きな影響を及ぼしていた。さらに連邦領内では戦況悪化の不満が噴出するなか、一部の離反部隊はついに禁断の一手に縋ろうとして……

Fate/strange Fake⑧

著／成田良悟　イラスト／森井しづき
原作／TYPE-MOON

呼び寄せられた"台風"によって混乱する聖杯戦争。『ネオ・イシュタル神殿』を中心に大規模な衝突が始まる中、ひとつの"影"が晩鐘の響きを携えて現れる。そしてエルメロイ教室の面々を前にアヤカは……

新・魔法科高校の劣等生
キグナスの乙女たち⑤

著／佐島 勤　イラスト／石田可奈

九校戦は終えたが茉莉花の夏はまだ終わらない。全日本マジック・アーツ大会が目前に控えているからだ。マジック・アーツ部の合宿に参加する茉莉花だが、そこに現れたのは千葉エリカと西城レオンハルトで——。

魔王学院の不適合者13〈上〉
～史上最強の魔王の始祖、転生して子孫たちの学校へ通う～

著／秋　イラスト／しずまよしのり

気まぐれに世界を滅ぼす《災人》が目覚め、《災淵世界》と《聖剣世界》、二つの世界が激突する。目前に迫る大戦を前に、アノス率いる魔王学院の動向は——？　第十三章《聖剣世界編》編、開幕!!

エンド・オブ・アルカディア3

著／蒼井祐人　イラスト／GreeN

《アルカディア》製作者・《JUNO》との邂逅を果たした秋人たち。ついに明かされる"死を超越した子供たち"の秘密。そしてアルカディア完全破壊の手段とは——？　今、秋人たちの未来を賭けた戦いが幕を開ける！

アオハルデビル2

著／池田明季哉　イラスト／ゆーFOU

坂巻アリーナでの発火事件で衣緒花の悪魔を祓った有葉のもとに、新たな"悪魔"が現れる。親友の三雨の「願い」に惹かれ、呼び寄せられた"悪魔"を祓うために、有葉は三雨の「願い」を叶えようとするが——。

レプリカだって、恋をする。
Even a replica falls in love
榛名丼
［イラスト］
raemz
16歳、夏。はじめての、青春。
愛川素直という少女の
身代わりとして働く
分身体《レプリカ》、それが私。
本体のために生きるのが
使命……なのに、
恋をしてしまったんだ。
海沿いの街で
巻き起こる
ちょっぴり不思議な
青春ラブストーリー。
応募総数
4,128作品の
頂点
第29回
電撃小説大賞
大賞
受賞作
電撃文庫

第29回
電撃小説大賞
金賞
受賞作
夢の中で「勇者」と称えられた少年少女は、
美しき女神の言うがまま魔物を倒していた。
――その魔物が〝人間〟だとも知らず。
勇者症候群
Hero Syndrome
[著] 彩月レイ
[イラスト] りいちゅ
[クリーチャーデザイン] 劇団イヌカレー（泥犬）
少年は《勇者》を倒すため、
少女は《勇者》を救うため。
電撃大賞が贈る出会いと再生の物語。
電撃文庫

クセつよ異種族で行列ができる結婚相談所
～看板ネコ娘はカワイイだけじゃ務まらない～
五月雨きょうすけ
ill. 猫屋敷ぷしお
見習い秘書係のネコ娘、今日も頑張っています!
第29回
電撃小説大賞受賞作
電撃文庫
特設サイトを
check!!
STORY
訪れるのはワケあり相談者ばかり?
異種族同士の婚活って大変なんです!
ドタバタ婚活ファンタジー、はじまります!!
電撃文庫